现实环境是那一壶"一点儿也不能鼓励人"的凉冰冰的水，但是只要我们心中有那么一点点"文火"，只要我们性格上具有"文火"的美质，我们就可以烧开任何一壶水。

林清玄

林良成长文集

月光下织锦

林良 / 著

海峡出版发行集团 福建少年儿童出版社
THE STRAITS PUBLISHING & DISTRIBUTING GROUP　FUJIAN CHILDREN'S PUBLISHING HOUSE

《月光下织锦》第四个版本序

　　这是《月光下织锦》的第四个版本，由福建少年儿童出版社负责制作。内容跟第三个版本相同，但是使用的文字一律改为大陆读友熟悉的简体字。这是一项大工程，感谢福建少年儿童出版社的辛劳，也希望这本书能得到大陆读友的喜爱。

2017 年 5 月 12 日

《月光下织锦》第三个版本序

　　这是我的一本散文集。跟我过去出版的散文集有些不同的是它的书名来源。

　　我写的散文，都是从生活里取材的。写得多了，就把题材相同的作品集中在一起，根据它们的共同性质想一个书名，出版一本书。例如我的第一本散文集《小太阳》，写的都是家庭生活的情趣，因此我把那些作品集中起来编成一本书。书名《小太阳》，来自我喜欢把小孩子形容为每一个家庭里的太阳，因为还不是成人，所以是"小太阳"。

　　现在这本散文集《月光下织锦》，题材却非常多样。我写苍蝇，也写老鼠；我写擦皮鞋，也写烧开水……想找一个书名，开始遇到困难。好在后来我发现一个事实，为这些作品找到了一个共性，那就是：这些作品都是在夜间写作，在天快亮的时候完成的，是熬夜写作的成果，因此我想到了"月光下织锦"这个书名。

我用"月光下织锦"来比喻这本散文集的性质。这些作品都是"在月光下写作"的，而且付出了我的全部真情，像织造锦缎那么认真。

新版的《月光下织锦》，还有一个重大的改变，就是作者署名回复到使用本名"林良"，不再使用笔名"子敏"，作者的多名，常会给读者带来困扰。我认为这样的改变是必要的。

我要在这里向麦田出版表示感谢。他们的编辑群为了这本书的更新，付出了许多心力。

2014 年 9 月

当彼此都心静
——麦田版《月光下织锦》序

写散文要心静，读散文也要心静。作者在心静的时候写散文，写起来才有意思；读者在心静的时候读散文，读起来才有味道。读者在心静的时候，读作者在心静时候所写的散文，因为彼此都心静，才有可能完成一次真正的神交。一个人在心浮气躁的时候不适宜写散文，当然，也不适宜读散文。

我的老师、文法家何容先生，常常风趣地说："文学是一堆废话。"然后哈哈大笑。他的意思就是："心浮气躁无文学。"心浮气躁的人无法亲近文学，文学也无法跟他亲近。文学应该也算是人类心灵方面的一亲，但是心浮气躁的人是"七亲不认"的。一个人在那样的时刻，不要说读散文，连书名也读不下去。因为这个缘故，文学的美趣当然就变成一堆废话了。

文学的美趣要在"静"中寻求。只有宁静的心境，才能使我们"心细如发"。

住在像台北这样的大都市里，从黎明到入夜，都有成千上万"气喘如牛"的汽车所造成的噪声相伴，如雷的噪声令人头昏，要想从事写作实在不容易。只有在深夜，人和车都已"油尽灯枯"，我们才能找到一刻的宁静。

我的散文都是在深夜写的。"在月光下织锦"就是我对那种情境的形容。在那样的时刻，我就像一个牙疼、胃疼的人因为服了仙药病痛完全消失，心情觉得无比舒畅，想歌，想舞，更想写作。何况，有些日子，窗外还有月色星光相伴。

写散文是个人的文学活动。"散文"是魂，依附在任何题材上都可以使那题材成"散文"。因此，"都市的空际线"可以写成散文，"电视机天线之林"也可以写成散文；"一只老鼠"可以写成散文，"一只苍蝇"也可以写成散文；"擦皮鞋"可以写成散文，"烧开水"也可以写成散文。我们读散文读的不是"言之有物"的题材，而是作者"笔到物现"的散文魂，这是我对散文的信念。秉持这样的信念，我写下我的所感和所思。

《在月光下织锦》这本散文集，第一次跟读者见面是在1974年，离现在有二十三年。当初是交由纯文学出版社出版，前后印制了十五刷，也就是我们通常所说的"印了十五次"。

纯文学出版社结束营业以后，这本书一度成为"孤儿"。但是这孤儿并没因此住进孤儿院，他很快就为"麦田出版"所认养。

"麦田"是一家富有朝气的出版公司，主持人是一群深懂经营之道的读书人。他们懂得种麦，也懂得卖麦。意思是：他们懂得怎么样让更多的读者知道一本书的存在，为一本书，也为它应有的读者，安排互相亲近的机会。

"麦田"认养了这本书以后，决心重排重校，印制新的版本。这本书虽然已有"原序"，但是面临这种新气象，就不能不也有一篇"新序"。前面所写的几句话，就是我的序言了。至于这本书的书名，原本是"在月光下织锦"，是完整的词组，用作书名却有字数太多之嫌，所以我建议去掉一个"在"字，只留下"月光下织锦"五个字，使书名好叫些。书名本来就应该追求简洁好叫，才能"近人"。

对作者和读者来说，"心静才能接近文学"这句话是"真"的。但是，"文学使人心静"，这句话也同样是"真"的。希望这本书，能为读者带来一片宁静祥和的心境，也能跟读者一起品尝"心细如发"的文学乐趣。

1997 年 4 月

另外一种苦行僧
——《在月光下织锦》的序

"文学世界"里有一条不朽的法则，那就是：深刻动人的作品，往往是"痛苦"的产物。我对这条法则一点儿也不怀疑。

因为我始终对这条神圣的法则深信不疑，所以我认为文学创作的基本动力是"反抗"——不过大家用不着为我的"引申"不安，我并不体会得像字面那么浅。

佛家宏富华丽的"伟大的思想建筑"，就是印度青年王子释迦牟尼"对安逸生活的反抗"的产物。为了反抗使灵魂变得昏昏沉沉的富贵生活，他离开宫殿，进入积雪的高山，受苦六年。高山寒冷的空气使他的智慧结晶，使他领悟了"人生"。

我所说的"反抗"，并不是指"精神分裂"患者那种爆炸性的

"破坏情绪"。我所说的"反抗"，指的是对自己的遭遇"不甘屈服"的那种"追求理想"的伟大情操。

同样的道理，我所说的"痛苦"，也不单单指逆境与贫贱。顺境跟富贵同样会使一个人"痛苦"，如果那个人恰巧像释迦牟尼，认为这两种好景会妨碍他"对理想的追求"的话。

类似的事情，也在我的生活里发生。

我一向不跟踪"文学批评世界"里的"什么的什么主义"，像一个受训的童子军，因为我认为没有"什么的什么主义"，一个人反而能写得更好。我有我自己的"文学理想"。我看得见深埋在自己心中的理想像看得见深埋在地底下的金矿。我应该是一个专心挖掘的矿夫。

不幸我生存在"现代"，生活得像一个机器人，每天上班下班，精确得成为巷子口文具店老板的"对时钟"。我有一个温暖的家，但是每天早晨匆忙得不能安心在家里喝太太上班以前为我准备的热粥，可怜地提着"〇〇七"在街头东张西望，想买一份可以在办公桌上吃的速简早餐。我每天有十几件"最重要的事情"要办，但是无论我做什么事情，总有"另外一件事情"横插进来，把它打断。我的生活紧张，被割裂，而且饱受噪声的摧残。这种可怕的生活使我痛苦，使我羡慕起"步调较慢"，可以使人"心安理得地做完一件事情"的"古典的农业社会"。

我的心在"反抗"，不甘愿向这种"现代痛苦"屈服。我没有办法找到一个"空间"的桃花源，不过我总算找到了一个"时间"的桃花源——由三更到五更的"夜半无人时"。白天，我仍然是一头辛勤的耕牛，但是在那个宝贵的时刻，我是一只"月光里不睡的云雀"。

　　我写作，像古代的"织锦人"，细心、认真，心中充满了喜悦。当然，这里不是北极，不会有"夜半的太阳"，可是窗外常有柔和的月光。我在月光下织锦，"月出而作，月入而息"。

　　为了挖掘"生活的情趣"跟"语言的意味"，像挖掘深深埋在地下的金矿，我许下了"做一个辛苦的矿夫"的愿望。我让我的大摇篮闲在一边，逃学似的躲避着睡眠，"灵魂的窗户"炯炯发光，"灵魂的房子"摇摇欲坠，坚忍硬撑，像另外一种苦行僧。

　　读者如果在我的文章里闻到夜的气息，不必惊异，因为我的作品都是"在月光下织锦"的成绩。

　　这是一本散文集，读者可以从这四十四篇"因为都是熬夜得来，所以自己也非常珍惜"的文章里，得到许多关于我的性格的秘密。我爱火车，同情老鼠，对狗怀着内疚，跟苍蝇不能和谐相处，和旧书摊的老板交朋友为的是买书可以打折扣而且还可以赊账，常常自己擦皮鞋可并不是为了省钱，对烧开水有特别的心得……但是读者请不要误会我写作的目的就是想"一五一十地记下一本自己的流水账"。我会为那样的想法难过。我宁愿接受读者用文学的"度量衡"考验我的作品。

在这篇序文的最后，我想我应该对我不认识的读者献上我的"作者献词"，同时也是诚挚的祝福：

你虽然也跟我一样辛勤工作像耕牛，

但是你应该也为你"不愿失去的生活情趣"歌唱，像一只云雀。

1974 年 4 月 4 日

目录

卷一

我的〇〇七

▶ 水

雨住了以后，水沟存了满满的一沟水。原来长在沟里的野草，现在都成了青青的河畔草，一半露出水面，一半藏在水里。其实藏不住，它们在水里像在水外一样绿，更绿。它们在水里像隐藏在透明的洞里。

雾牺牲透明，才造成神秘；空气牺牲神秘，才造成透明。只有水，它神秘，透明；透明，神秘。只有在水里，一切东西只有在水里，才会变成童话。

一株小草只有在雨后的水沟里，才能不生长在空气中，才能完全生长在水里。只有在童年，一个人才能看到这样的一株草。只有我，才能一口气看到三株。

沟底有一些沙。骤雨来以前，细沙在狠毒的阳光下冒烟。那些沙是蚂蚁的沙漠。千百只小骆驼走过沙漠像走过热锅。穿着很白很干的夏装，躲在窗玻璃后等骤雨过去，再出来看，小骆驼群已经逃散了，整个沙漠沉到水底下。静静地，静静地，像休息似的，整个沙漠躺在水底下。只有在童年，一个人才能看到水底下的沙漠。

沟里那块石头现在成了小孤山。它不像大金鱼缸里的浮石——一生都在水的世界外流浪，只能当金鱼的太阳伞。阳光下，轻风领着浮石，浮石领着金鱼，在鱼缸里散步。浮石不能进入鱼的世界，鱼也不能进入浮石的世界，它们中间隔着一层薄薄的玻璃。滑水的浮石，制造阴影的浮石，金鱼永远看不见你的腰。在金鱼的眼睛里，你是没有腰的山。

但是这块石头，这座小孤山，它是从水底下长出来的。要是沟里有小鱼，要是沟里有蝌蚪，它们就可以围着它的腰转，从南麓到北麓，从山东到山西，甚至可以靠着山坡休息。

一切的山都是从水底下长出来的。我们的平原是平头山，我们的高山是尖头山，我们的盆地是山上的坑。一切的山都是从水底下长出来的。我们只看到露出水面的，看不到海所隐藏的，因为海水太蓝、太绿。可是沟里这座小孤山，一点儿也不隐藏它通到水底的滑梯——水是清的，水是透明的。只有在童年，一个人才能同时看到山的两部分：空气中的部分，水中的部分。

这条水沟在我家花园的边缘，在我的故乡，在我小时候。花园里有桃树，有鸡冠花，有菊，有蜡梅，还有水。每次骤雨过后，这花园里就有水，很清的水。

老师的家在公路边的新住宅区。十四个小孩子有一张老师画的简明地图，在地图上所画的一家理发馆门口搭上公共汽车。公共汽车在老师画的公路上奔驰，经过老师画的海岸，看到老师画的海。公路又逐渐远离海岸，走进一片有树林的小平原。公共汽车停在老师画箭号的车牌边，十四个孩子都下了车。地图只画到这里，十四个孩子乌黑发亮的眼睛看公共汽车渐走渐远，开进地图上的空白。大家环视四周，都想知道公共汽车把他们送到一个什么样的地方。

大家先看到穿红衣服的老师。她的前面是一片修剪过的草坪，水泥饼铺成的小径通到十四个孩子的脚边。她的背后是白色的住宅。住宅背后没有山，是一片很大的树林。

十四个孩子笑眯眯地走进白色的住宅，也见到了和气的师丈。大家在客厅里吃东西，翻老师的书。慢慢地，书砖和糖砖砌成的斯文宝塔有地基松动的现象，老师被一声忽然发出来的呵欠逗笑了。

"到外面去跑跑吧！"她说，"房子后面有个树林子。

大家跟我来。"

除非是探古窟，在玩儿的时候，孩子是不"跟"在背后的。老师像高大的猎人，十四只猎狗像燧石上迸发的火星，一下子就消失在枝叶浓密的树林里。

前一天刚下过一场大雨。现在，树林外阳光灿烂，树林里遍地落叶却是湿的。孩子清脆的笑声，是潮湿的黄叶地上的银铃。阳光从枝叶的缝隙钻进来，一条条的金丝，一根根的金柱。绿色大厦里金光闪烁。

我也是一只小猎狗，离了群向前跑，向前飞，向前射出去。忽然眼前一片水光，我站住了。那是树林里的积水。水很浅，只有五六寸深。水面很宽，像一个鱼池。水底的沙干干净净的。水的四周有树，水中也有树。第一次看到水绕树，第一次看到池中树，第一次看到地上铺着透明的软玻璃，我就站住了。

有些落叶已经沉到水底，有些落叶正在下潜，有些落叶还在滑水。水外的树干和水下的树干中间有一道线，好像薄刀片割的一道痕。

四周的银铃声离我越来越远，静下来了。风吹来，这时候我才听到几亿片树叶低声交谈的声音，像听瀑布。这声使人心静。

我蹲了下去，伸手去碰水，冰凉冰凉的。我坐在潮湿

的落叶床上，脱下皮鞋，脱下袜子，走进水里。我也变成一棵池中树。我把自己"种"在水中，再也舍不得离开。

枯水期的九龙江像一条宽阔的白沙马路。能通航的那一丝江水，就像遗落在白沙马路上的一条绿色衣带。平底木船上的船夫，用长长的竹竿撑船，逆流上航，真是一寸江水一滴汗。

两岸是一簇一簇秀丽的竹林。坐在平底木船里，所能看到的这一片小平原的背景，是一片纯净的蓝天。这幅蓝色画布上的图画，除了小男孩骑水牛，就只有白云赛马。一根插在浅水里的竹竿，竿上的绳子系着一条小木船，这是岸边唯一的点缀。

剩下细流的江水真绿。靠着船舷，伸手可以摸到它，要不是在水里洗手，要不是水从手指头缝流过，要不是船夫"咿噎，咿噎"的吆喝声，一个人会觉得自己是坐在铺绿色地毯的客厅的躺椅里，望着糊满蓝色墙纸的天花板出神，一动不动。

那一天，水太浅了，平底船竟在鹅卵石上搁了浅。两个船夫，哗啦一声，又哗啦一声，都跳进水里去推船，像司机在公路上推抛锚的汽车。船不动，船夫来商量，要旅客帮忙，下船步行一程。

我狂喜地脱下鞋袜，卷起裤管，一跳跳进水里。我真的站在九龙江中了。

那冰凉冰凉的水，滚滚地由我腿边流过，欢跃地奔向遥远的大海。一条有名的江，进入大海以前，先流过我的皮肤！

别的旅客，像商队，在沙滩上缓慢前进。我仍旧留在九龙江里，跟九龙江走同一条水道。

水装饰了大地，水也装饰了我的童年。

▶ 风景

　　我的照相机一定生锈了，可惜我连检查检查"我的照相机是不是生锈了"的时间都没有。我只能猜想。它那属于"光学"的眼睛，现在"赋闲"了。

　　照相机，真对不起！

　　其实我自己跟我的照相机也差不多，我的属于"生理学"的双眼，并不比它的属于"光学"的独眼幸福多少。我的双眼已经好久好久不拍摄风景了。我的双眼整天所管的是过马路的时候测量两头来车的距离，上班测量梯级的高度，看准电话机上十个有数字的圆孔，核对我腕上的表跟墙上挂钟长短针的位置，寻找门锁的钥匙眼，看价目表，看时间表，看统计表，看信……

　　下班的时候，我的眼睛也并没有机会看到什么风景。

我看到的是路上行人跟一家人脸上"疲倦的图案"。我自己一定也很疲倦，但是我的受了一天委屈的眼睛，却很贪心地看着书桌上那一堆堆的书，请求着："打开来，让我看，我已经等待了一整天啦！"它又忙着检阅书页上的由文字组成的一行行的仪队，直到这检阅官自己走不动为止。

我好久不看树了。我问我自己："树是什么样子的？"

其实我应该记得才对。树是绿色的伞，伞底下永远替你保留一个最舒适的"沉思的座位"。你一看到树，你就会想到那个好座位。一坐上那个好座位，你所看到的世界就会变得很美。有一次，我坐在树底下看大马路，那大马路就变成图画，变成一个"颜色的世界"，汽车不再是汽车，汽车是从你眼前走过的"颜色"。有时候我看到"一串"汽车，蓝的接黄的接红的接绿的接灰的接白的。有时候，一个速度很快的小黄，不顾一切，向前飞奔，超过蓝的，超过白的，超过红的，超过"咖啡"的，超过黑的，那是出租车。有时候，一个速度很慢的大黄，被许许多多的颜色超过，那是公共汽车。

人是有颜色的标点符号，不停地在马路上"加标点"。上下班的时候，我看到最长、最壮观的省略号"……"，五颜六色，接连不断。

在树底下看建筑师的作品展览，你就会觉得所有的房子都是很美的。你会忽然想到一个很动人的问答：

"为什么要有马路？"

"是为了展览房子。"

树是最有个性的。从来没人见过两棵姿态完全相同的树。每次看到一棵树，我都会忍不住在心里喊："树！"就像看到从来没见过的新事新物。我应该说：每一棵树都是一本新书。

我也好久没见过河流了。

有一个小孩告诉我，河是不动的，因为河流永远在那里，从来没有人见过一条河流忽然"走掉"了的。河流确实是不动的，它天天静静地在那里做着反映两岸风景的工作。如果它走掉了，这件事情叫谁做。如果它真走掉了，你就再也看不到水里的天，水里的云，水里的山，水里的房子了；如果它真走掉了，船就没地方走了，桥就没地方搭了。

可是我也知道河流的秘密。河流实在是一群热热闹闹的观光客，从深山里来的。它们一路看风景，一直看到大海。它们把所有的经历跟感想，都交给大海保管。大海是它们的图书馆。

"为什么要有河流？"

"没有河流就没有桥，没有河流就没有船，没有河流就没有两岸的风光啦！”

我好久没去看山了。山是令人仰慕的。

苦恼的人最喜欢去的地方就是山。有一个医生说，山可以治病。许多苦恼的人进山，还没有走到半山腰，病就已经好了；下山以后，病也不再发了。这是因为山上有树，有石头，有泉水，有风，有云。

山是不动的，所以山常常在有东西“经过”的时候显出它的美来。张志和的《渔歌子》里那一句“西塞山前白鹭飞”，说出了这个秘密。

“我实在应该去看看风景了。”我不停地告诉自己。

“风景问题”一直使我苦恼。

有一天，一个南部来的“观光朋友”在路上跟我相遇。我们边走边谈。在我们走进我每天回家一定要经过的“平凡巷子”的时候，他站住，头歪向这边，头歪向那边，用他的眼睛细心地“拍了两张照片”以后，说：“这条巷子真美！”

我大吃一惊：这条巷子真美？

“真美！”他点头说。

这是一条什么巷子呢？对我来说，这是一条“糟了，要迟到了”的巷子，这是一条“我得加快脚步，大家等我回家吃饭大概都等急了”的巷子，这是一条“这么多工作都赶不出来，明天怎么办"的巷子，这是一条"不要着急，慢慢来，越急越容易出错"的巷子，这是一条"容忍吧，容忍吧，不要以为人生的路都该是平坦的"的巷子。这样的巷子，会有"风景"，会是"美"的？

但是我的朋友说："你看这篱笆墙，你看墙里那棵樟脑树，你看这两根竹竿晾的衣服，你看这几个旧窗户，你看那棵长在墙头上的侏儒榕树，你看那些房顶上的老式红瓦，你看那个东倒西歪的电视机天线，你看那个卖炸臭豆腐的担子……这些，你难道感觉不出来？"

也许我的朋友是对的。并不是我的身边没有风景，只是我的"风景眼睛"没打开。我整天在那儿忙，忙得忘了打开我的"风景眼睛"，就像我忙得没工夫拿起照相机。我手忙，脑子忙，忙得使我的心也"团团转"。

一个现代人似乎应该有一种特殊的修养，那就是"在极度紧张跟十分疲劳的情况中"，仍然保持内心的悠闲。那就是在"用跑百米的速度去追一部就要开走的公共汽车"的时候，偏偏遇上了一个多年不见的好朋友，还能够笑眯眯地边跑边喊："我追车子！这是我的名片，回头给我挂电话！"

一个现代人必须能在劳累得脸上失色的时候，内心仍然非常"松弛"，仍然有好心情向人请安："你好！"如果能这样，他就不会觉得"没有风景"，就不会一直苦苦地等待着机会非真的上一趟"南山"不可了。

我想我应该自己研究出一种"我的瑜伽术"，使我的一切劳累跟紧张都局限于"生理"上，甚至完全不痛不痒。这样，才能使我的心不受干扰，悠闲像东篱下的陶渊明。

▶　划船

　　童年在故乡，星期日最爱听的一句话，是父亲说的：
"划船！谁去？"

　　父亲的这句话很有号召力。他凑满一船人是很容易的；
难的是有时候因为人数过多，不得不淘汰一两个申请人。
我们光荣地出征，背后总有伤心的"童声喇叭"相送。

　　公园就在马路对面。我们只要横过马路，翻过公园的
铁栏杆，就可以看到绿绿的人工湖水，在斜坡下荡漾。沿
着湖岸绕过去，就到了伸入湖面的方形游艇码头。那几条
洁白的小游艇，热热闹闹地停靠在码头边，像几条大白鱼
在抢一块大饼干。

　　我们三个小孩子，实际上都只是乘客，只有父亲才是
真正的划船人。水是平静的，船是平稳的。我没体验过划

船的辛劳，只微微地感觉到船的动力来源是父亲罢了。我享受到"滑行"的乐趣，像坐一部白车在绿马路上行进。

船从一座白色大石桥的桥洞下穿过，绕过一个琵琶形小半岛的尖端，进入一条两岸都是垂柳的水道，再钻过一座拱桥，就又回到了湖面开阔的游艇码头附近来了。

虽然童年所看到的一切东西都"大"，但是我仍然相信那个人工湖在成年人的眼中也并不很小。我二十二岁再回故乡，又看到那个人工湖，发现它并没因为我年龄的增长而"缩小"。

我最喜欢的一段水路，就是那两岸都是垂柳，而且有一座铁拱桥好钻的那一段。父亲常常有意把船划进"柳帘"，让柳丝披肩，让柳丝拂面，然后穿帘而出，使我们的船，使我们自己，都成为"风景"。

父亲跟我们兄妹三个，静静地体会那美趣。大家都不说话，大家都爱听双桨激起的水声。

我二十二岁那年，穿着成人的皮鞋再到那柳岸去散步，在心中重画那白色小游艇穿帘而出的图画，每次都画得非常成功。一条白色小游艇从柳帘里走出来，划船的是一个戴眼镜的父亲，坐船的是三个不说话的小孩子。我还能清晰地听到那汩汩的水声。

我来到台湾以后，有一年，台北淡水河边出现了许多小游艇。我有许多回走到河边去看船，去摸摸白色的船身，去握握桨把儿，去怀念童年，但是我不敢尝试。

河水是流动的。我不知道自己是不是控制得了船身，总怕船会在中流打转，漂过台北大桥，然后进入大海，然后在浪花里消失了踪影。

白色的小船强烈地诱惑着我，可是我踌躇，没有勇气向管船的孩子做出"解缆"的手势。我成为一个爱船人，天天去看船、摸船，但是不划船。

一天夜里，河面上的游艇差不多都靠了岸。月亮还没上来，四周很静，水流和缓。我受到那一片祥和气氛的鼓励，就向那管船的孩子做出了一直想做的那个手势。

我坐在船里，抓住双桨。那孩子把船往外一推，船身就滑离了码头。我坐直了身子，父亲当年划船的身影出现在我的记忆里。我模仿着父亲的动作，第一桨打到水里就是"对"的。我把船头掉转方向，顺着水流划去。船走得很平稳。我很能用桨控制船头的方向。小船是很容易驾驭的。我的小船划破了水上的桥影，绕过一个桥墩，然后逆水行舟，向上游前进。

第一桨划过以后，在船的冲力还没消失以前，赶紧再划一桨，这样就可以使船越走越快了。我好像早就得了父亲的传授似的，一握桨就成了老手。我让小船在河面上"溜冰"，向任何方向前进，愿意掉头就掉头，愿意加速就加速。我成了内行的划船人——在第一次握桨的那一天。

我胜利地把船划回码头。月亮也上来了。我在银光中上了岸。从此以后，每天傍晚我就去租船游河，像玩玩具那样地玩船，像骑脚踏车那样地操纵我的小船。

朋友也都来了。我们常常结伴去租船，一人一条，在河面上"接龙"，在河面上追逐。我们都成为月光下，桨声里的大孩子。有时候也翻过船，人从船上滚落水里，浑身湿透。船倒扣在水面上，周围游泳的人会过来帮忙，再把船翻过来。那时候，我快乐得像一只青蛙，岸上，水上，自由来去，来去自由。

年龄渐渐大了，河边也去得少了，手上握桨的茧子也逐渐平伏，被握笔的茧子所代替。月光桨声的欢乐年华过去了。书页声代替了桨声，台灯代替了月光。沉默的思索，代替了欢笑。

走完了"蜕变"的历程，我也变成一个戴眼镜的父亲，有了自己的孩子。像天下所有的父亲一样，我很想把自己所经历过的许多美好的"人生故事"讲给孩子听，但是孩子喜欢的是童话。孩子关心三只小猪的遭遇，胜过父亲自己充任主角的那些"没有情节的故事"。

我不知道这种没有情节的故事该怎么说。"我小时候，有一次，我的父亲——你的爷爷，带我去划船。"

"后来呢？"

"后来我们就回家吃中饭了。"

不过我相信总有机会，总有最适当的方式，可以让我对孩子讲一讲我最想说的故事。

一年暑假，我带樱樱、琪琪到台中去旅行。台中公园是有人工湖的。那时候离火车的开车时刻还有两小时，我们带着一路买来的大包小包，到公园人工湖旁边那个有名的三角亭里去凭栏看水。有一条小游艇，从亭下的水面滑过，像一只天鹅。那小船也是白的，那湖水也是绿的。我的记忆，又走进童年的那幅图画里。

我带她们到了游艇码头，扶她们在船里坐好，然后我自己也坐进"父亲的座位"。我用握笔的手去握桨。管船的孩子轻轻把船往外一推，船从码头边滑出去，是我童年故乡公园里那条船的滑法，也是淡水河边那条船的滑法，一丝不差。

我的第一个动作是调转船头，让它向着有桥洞钻的方向。

"爸爸，你是什么时候学会了划船的？"樱樱说。

"像你们这么小的时候，也是在公园里。"我说。

然后，我找到了说那个"没有情节的故事"的最好的方法——让我的一对桨去说吧！

船在绿水里缓缓地前进。船走进了岸边有树的水道。船钻过桥洞。那一对桨激起了水声，水声喋喋地替我说出我想说的那个"没有情节的故事"。

水说，她们用"感觉"去听，我自己也用心地听这个讲了第三遍的老故事。那是一个最温暖的老故事。

故事讲完了以后，小船也靠了码头。我总算在北上的火车进站以前，把那美好的故事讲完了。我希望她们也能永远记得这个故事。

▶ 烧开水

在孩子都还小的时候，家里的"总务主任"的支持对象是"一元化"的：一个男人跟他的孩子。那时候，这位"女主任"每天除了维持液体瓦斯、米、油、盐、酱、醋、茶的正常供应，还有足够的时间来设法使一家人得到"更好的照顾"。

我跟我的"三个小附属品"，常常能得到一些礼物，一些"意外的惊喜"：

"来，这套睡衣是给你的。"

"来，试试这双袜子。"

像外国小说所描写的，我跟我的三个小附属品在饭桌四周坐好了以后，常常会伸长脖子像四只鹅，共同对着桌上某一道最合心意的菜，发出一阵轻轻的"惊呼"："哇！"

然后，大家用各式各样的姿势，一齐举起筷子，很快地把盘子里的菜"搬"光，把盘子"弄得很干净"。孩子跟我都知道，让妈妈一块也吃不到，是讨好她的最有效的方法。

孩子长得比大门亭上的紫藤还快。孩子长大，如果仅仅是"体积问题"，问题比较好办；偏偏这是一个"人格形成"的更大的问题，包括"个性的自我塑造"在内，问题就不简单，不好办了。

"女主任"的工作膨胀了好几倍，再也享受不到从前那种"一切都在控制中，一切都在轨道上"的"安定感"。她的支持对象一下子由一个变成四个。在食物的安排上——光是这一样就够了——她会遇到一个爱吃酸，一个爱吃甜，一个爱吃苦，一个爱吃辣的麻烦。

在这个大家穿衣服都不"太"讲究的家庭里，每个人对自己所穿的衣服都有自己的讲究。

除了吃的穿的，每个人心理上又都呈现出一种"渴望得到最佳照料"的"饥饿状态"。从前大家心目中那个普照大地的"太阳"，现在成为大家心目中的"聚光灯"。聚光灯在忙碌中忙着调动灯头，她知道"普照"已经不可能了。

整个家庭发生了一个很大的变化，由从前那种"全家依赖同一个单位的支持"的状态，变成"每个人多多少少要学习处理自己的事情"。在这种状况中，我"毫无怨尤"地学会了烧开水。从前，如果我想喝一杯茶，只要说一声，茶就"有"了；现在，如果我想喝茶，我就得动手去烧开水，因为"妈妈"正在为另外一件紧急家事忙着。

没有人会相信这样的"天方夜谭"：已经是有了三个孩子的人了，却根本还不知道水在哪一种状态之下才叫作"开"，更不用提对"开的过程"的观察了。我的意思是说，我不会下判断。"开"，对我来说，只是"语言"罢了。有一次，我受命看着一壶水，正坐在炉边沉思，忽然听到："水开了没有？"我大吃一惊，手足失措，怎么样也说不出来我所看到的"水的状态"是不是就可以叫"开"。我回答的是："这个，你还是自己过来看看吧。"我只是尽一尽我的"看"的责任就是了。

学习语言是很容易的，学习判断才难。如果我念医科，我的记忆力与理解力足够保证我的笔试拿第一，不过，我也很可能治不好一个感冒人——我常常用这样的话勉励我自己。我所以有这个"领悟"，主要是由学习烧开水来的。因为我有这个珍贵的"学习机会"，而且我又能"毫无怨尤"地去掌握住它，所以我一下子得到"很大的进步"。

我很怀疑，古代那种很会说话的"游说之士"，尽管把天下事说得易如"反掌"，如果真正叫他去执掌政务，他是不是真能把事情办好？

我从"烧开水"所学到的，是"判断力"跟"重视实际"。我既然敢说这水是开过的，我就有胆子"喝给你看"。我既然知道这水是没开过的，有危险性的，那么，谁想喝我都不会答应。

烧开水的经验丰富了，这种事就成为家常便饭，我可以清清楚楚地告诉人，这水开了，或者这水还没开，或者就要开，或者刚开一会儿。因为我知道，所以我能下判断。我再不会相信"花言巧语"真能烧开一壶水。当然，我也并不讨厌花言巧语，因为花言巧语也是一种"文学"。我用"欣赏文学里的某种特质"的态度来欣赏"文学里的某种特质"。

因为学习烧开水，我同时也学会了"重视实际"。这件事说来话长，但是很值得一说。

点着了煤气炉以后，那一壶放在炉上的水是凉冰冰的，如果你是一个"悲观人"，你拿那软弱无力的"文火"跟那"圆鼓鼓的一大壶凉水"相比，你就会相信那一壶水实在是"一辈子也开不了"的了。但是那"文火"并不简单。它有恒心，有定性。它不慌不忙，不紧张不急躁，用它最初那"连手指头都放得进去"的可怜的热度，对着壶底加热。

我所说的"重视实际"指的就是这"文火的态度"，

这种"合抱之木，生于毫末"的信心，这种对于"九层之台，起于累土"的肯定，这种"千里之行，始于足下"的出发的勇气。这都是"老子的智慧"。

我所说的"重视实际"，并不是指"凭着自己有限的、可怜的一点儿经验，否定了一切高远的理想"。我所说的"重视实际"，是只对"有高远理想"的人说的。我认为有高远的理想的人，在他说"我要走一千里路"的时候，他心里应该明白他所说的是他要走"一千五百万寸"！一"寸"也省不得，而且每一"寸"都是艰难的。我所说的"重视实际"，就是指重视"寸的累积"，能够充满信心地从事"寸的努力"而有"里的理想"。

炉子上的文火，集中力量对壶底加热，最初给人的印象是它正在进行一件"完全不可能的事情"。但是加上足够的"时间因素"以后，那热度就越来越高。

起初，是那"水波不兴"的水面上，"像长痱子似的"冒出了针头大小的小气泡。水面上有一种"不稳定"的、"山雨欲来"的样子。

再过一会儿，壶里就发出细微的"山雨声"，哗啦哗啦的。那声音越来越大，越来越响，像千军万马，逼近了我们的据点；也使人担心，那是在酝酿一次惊人的大爆炸。在你心情激动，不安，等待着更惊人的变化的时候，那声音忽然减弱了。掀开壶盖一看，水面上波涛汹涌，浪头起伏，就像你站在豪华邮轮甲板上所看到的大海。这个，就叫"开"。

整个过程是固定的，像定理，也像方程式。烧开水的事做多了，就慢慢熟悉了那定理，那方程式。

这定理，这方程式，是可以拿来在实际人生中应用的。现实环境是那一壶"一点儿也不能鼓励人"的凉冰冰的水，但是只要我们心中有那么一点点"文火"，只要我们性格上具有"文火"的美质，我们就可以烧开任何一壶水。

▶ 蓝色的花
————谈吴昊的画

版画家吴昊最使我倾心的是"他的艺术跟他的家庭并不是势不两立的"。他的拿雕刻刀的右手，同时也是拿银调羹给孩子喂饭的"金手"。

艺术创作是需要精神专一的，版画制作当然也不例外。可是在孩子生病的时候，他扔下雕刻刀就像扔掉一根生锈的铁钉，用"创作的手"抱起孩子，用"创作的手"填写挂号单，为孩子焦急奔走。在可敬的"父亲队伍"中，他是俯仰无愧的一员。他不是那种"在创作的狂热中迷失了人性"的"艺魔"。为了艺术创作，他忍受"清寒"，忍受肉体的痛苦，但是他不"牺牲孩子"。

他并不是"作品非常平凡，不过倒还可以算是一个好父亲"的那种婆婆妈妈的、值得谅解的"好父亲艺术家"。

如果是那样，他只能算是一个"好父亲"，不能算是一个"艺术家"。我想说的是，他不放弃"父亲的责任"，因此他的艺术生涯比那"不负责任一身轻"的"艺魔"还要艰辛万倍。受过生活的磨炼，受过"责任"的锻炼，他的作品自然发散着"真实生活"的香气，他的"刀触"自然带有浑厚的"父性"。

他并不是一个"值得谅解"的"好父亲艺术家"。他是孩子们的"艺术家爸爸"。

"艺术"所追求的是"美感经验的再现"，或者"一般经验的美的安排"。因为"美"是那样"不可抗拒"的，所以艺术家跟欣赏者在进行这"美感活动"的时候，很容易产生"激情"。这种"激情"一出现，就很可能使艺术家跟欣赏者不但不再考虑真不真，甚至不再考虑善不善。那时候，那一件艺术品，很可能"美得使人害怕"，"美得使人窒息"，"美得使人战栗"。

拿花比艺术品，那么，这种美得使人害怕，美得使人窒息，美得使人战栗的花，既然已经摆脱了"真"跟"善"的引力，很自然地也会给人带来"不安"的感觉。这种奇异的花，隐隐含着"不祥"的气息，就成了"邪气的花"或"恶之花"了。

一个艺术家进入这种"不祥的境界"，如果他"抛妻弃子"，并不值得奇怪。我是不喜欢这种境界的，如果"境界"是一个"中性"语词的话。这种"境界"的隔壁就是"邪恶"。我是远离邪恶的。很显然，吴昊并不是这种"邪恶的艺术家"。他不酗酒，不吸毒，不狂赌，一切邪恶的事情会使他"胃部不舒服"。他宁愿是一个充实的人，生活在"爱"跟"责任"的阳光里。

在吴昊的版画作品里，最常见的题材是"花""孩子"跟"旧房子"，再加上一点儿"动物"。

吴昊的花不是写实的。他的花是"美的概念"的化身。在他从事"花的创作"以前，他"素描"过许多"真花"，"拍摄"过许多"真花"，然后，他平心静气地"读花"，利用一切争取得到的时间细读"捕捉到的所有的花"。

他的"精读"跟"大量阅读"，使他对花的感受，达到心浮气躁的人所达不到的深度。他能用他的雕刻刀，依自己独特的方式，告诉人"花是这样子的"，"我的花是这样子的"。那是一种很美的"概念花"，有"刀触"的美的"概念的花"。

吴昊版画里的"孩子"，跟我所体会的孩子是不一样的。我所体会到的孩子，往往是大人生活的"入侵者"，对大人的生活采取"干预的态度"。吴昊所体会到的孩子，都生活在一个"自给自足"的世界里，跟大人的生活有一点儿距离。他的版画里的孩子，有纯朴的"儿歌"风格，是大人偶然抬头所看到的"成群在院子里做游戏"的孩子。他们都是很"古典"的，不干预大人的生活，通常也不受大人干预。他们是"先电视时代"的世外桃源的小居民。

吴昊的版画，有许多作品是"由旧房子构成的"。画面上是一间挨一间的旧平房，有时候甚至是一片声势浩大的"违章建筑群"。看到这样的画面，没有人能不露出微笑。这真是亲切的画面。这些"房子群"是大都市里的"村落"，从大陆到台湾来的年轻人，都能记得那"村落"里的温暖生活。

画面上那些晾着的一竹竿一竹竿的衣服，那些小店，那一个卖豆浆的棚子，那千片万片的屋瓦像鱼鳞——吴昊"刻"这些房子的时候，心中一定饱含温情。

"现在不'刻'下来，将来这些房子都要消失了。"他说。

我认识喜欢画庙宇的画家，我也认识喜欢画旧街风光的画家。吴昊却是我所认识的唯一的"喜欢画违章建筑"的画家。这透露了他的朴实、淳厚和对真实的"民间"的那种割不断的"情分"。

他也刻动物。这些动物都是家禽家畜：鸡、鹅、鸽子、牛、猫。

　　这次他在"鸿霖画廊"举行"个展"。去看他的版画的人，都注意到他的一幅油画——《蓝色的花》。

　　看到这幅画的人，都会心动，有一种"昊昊在倾诉"的感觉。

　　画面上是一个"概念花瓶"，浅浅的"咖啡牛奶"色，画出瓷器的"质"跟"纹"。这花瓶安置在一个黑色的"概念桌子"上。插在瓶子里的，是一大束蓝色的"概念花"，这束花是"非花道"的，占去了五分之三的画面。

　　画花的那"蓝"颜色，是"台风眼"里的天空那种"突来的寂静"的蓝，给人一种"深远"的感觉；像是"不安"又不是，像是"悲伤"又不是，像是"忧郁"又不是。虽然都不是，可是它又明明地呈现出一种"心境"。这幅画吸引人的，大概就是这"像谜似的心境"吧。

　　它像是哭泣过后的宁静，又像是有过怨叹，然后"信心"苏醒，又像是潮水落尽，明月初升。

　　它有一种"苦"刚尽，"甘"刚来的气象。"苦"刚尽，但是"苦"的阴影还在；"甘"刚来，像苦旱结束时候最初的几滴"雨"。

　　"生机初露"——对了，就是这样。所以在刚看的时候，这是一幅不安的，忧郁的，悲伤的画；再细"读"，你读到了信心、愉悦，读到一个"明朗的新生"。这是一幅有

"黎明"气象的画！

吴昊在作画的"开始"，有一段时间，内心必定陷入一片"枯寂"。他踌躇，挣扎，甚至有"江郎的哀伤"。他有意投笔，掷笔，但是又"不服输"。他跟"放弃"僵持，他跟空白的画布"冷战"。

事情并不遵循着那"灵光一闪"的惯例。那"灵光"是逐渐出现的，由远到近，由淡淡到"明晰"。信心逐渐增强。他在那情况中"试探地动笔"，在整幅画完成的时候，正好到达"黎明"——但是还没到达"太阳升起"。

大概，这就是那幅画为什么那么美，那么含蓄，那么像一个"谜"的缘故吧。

▶ 云里的家

上星期六，到薇薇夫人跟薇薇先生的家去"晚餐"，也跟薇薇小弟弟、薇薇小妹妹见了面。同去的还有七支"笔"，可以算是一次"山中的笔会"。

大家都不像古代的文人那么傻：好不容易有机会走进风景里，不去幻想自己是一棵带云的松树，不去幻想自己是会流动的溪水，却还忘不了自己那一份折磨人的"职业"，偏偏要强迫每一个人去赋诗。

《兰亭集序》一定是"回家来写的"。《兰亭集序》是不错的："此地有崇山峻岭，茂林修竹；又有清流激湍，映带左右……"但是《兰亭集》里一定没有几首好诗。如果《兰亭集》里的诗首首都是"力作"，那么《兰亭集》就该叫作"白发集"了。

　　我们大家既然有机会扔下钢笔、圆珠笔、雄狮牌的红色改稿笔，我们大家既然有机会摆脱那一支"可怕的笔"像逃课的大顽童，人人也就都有了一颗"松树的心""流水的心""浮云的心"，不再去想稿纸上那些像铁丝网的格子，不再去想报纸"大样"上等你去检阅的"几千只黑蚂蚁排成的仪队"。

　　大家的右手都闲下来了。闲下来的右手就可以用来指点风景。大家辛苦的脑子既然不再"受绞"，自然就涌出了许多家常话。这"山中的笔会"并不人人坐得很"直"地讨论死板的写作技巧，也不像欧洲作家那样地在一起"制造"一种严肃或不严肃的文学主义——超现实主义、有点儿现实主义、不太现实主义、绝对现实主义、调整现实主义、剖开现实主义……（我对欧洲作家的一定要先有什么的什么的什么主义，然后才能写作的不幸命运，一直怀着很大的同情。大概这是因为他们社会的"文学批评"像工业一样"太"发达的缘故吧。）

　　我们所吐露的，都是些亲切的"家常"。又因为所有的"看风景人"不是"父亲"就是"母亲"，所以就谈了许多"孩子"。更因为这一次是去参观房子的，所以就谈了许多"住宅建筑"。

　　薇薇夫人跟薇薇先生的家是在花园新城的"深山里"。

薇薇夫人为她的"云里的家"写过一篇"茶话"，留给我的一家人很深刻的印象。那天晚上我从深山回家，樱樱很关心地问我："看到'那朵云'没有？"

樱樱所说的"那朵云"，是指"从客厅的落地窗大模大样地飘进来，然后从另外一个窗户走掉"的那朵"很没有礼貌的云"。

我告诉樱樱，我做客的时候客厅的落地窗是关着的，云在窗外，云进不来。云只能隔着玻璃窥探，像一只白熊，知道不能抄近路以后，只好沿着墙根，绕过房子，上山去了。

"为什么不请主人打开落地窗让它过去？"她很惋惜。

"那样子就会弄湿家具。"我说。

薇薇夫人跟薇薇先生的客厅，摆了好几盆深山植物，都是那么碧绿碧绿的，湿润湿润的。我想，那一定是受过"走进客厅的云"的调理，不然不会有那么好的成绩。我家的客厅也养过一盆这样的深山植物，但是干黄得像仙人掌。

我们去的那天，并不"天朗气清"，也不"惠风和畅"。"是日也"，偏偏下着细雨。花园新城的"花园交通车"开进了花园新城的"私路"，雨下得更"密集"了。我们只带"风衣"，没带"雨衣"，心想一定会个个变成"湿人"。还好车子到达"有现代风格的喷水池"的停车广场时，雨又细了。

　　我们不坐新城里的"迷你巴士"，宁愿在雨中散步，穿过细雨的"丝帘"，向我们要去做客的"家"进发。细雨中，黄昏里，那"有房子的山"，那"有山的房子"，本来已经很美的，现在看起来更美——"尤其隔着黄昏，隔着这样的细雨"，这是余光中的诗句。他那首诗就叫《等你，在雨中》。这大概就是在家里等着我们的薇薇先生的心情吧。

　　我们看到山在云里，也看到云在山中。一座一座"有红砖镶边的住宅"，在山上，也在云中。

　　我忽然注意到这些美丽的住宅都是"经过设计"的，而且是很有意思的"设计"的。山上的马路网像"周到的自来水管"，对每一家都有交代。有汽车的人，都可以把汽车开到自己的大门口，迷你巴士也可以很迷人地在你的大门口停车。

　　除了"马路系统"，每一家的廊子外还有"台阶系统"。喜欢步行的人可以走宽敞的台阶出门回家，上山下山。台阶不但"美丽"得有亮红砖绳边，而且还留意到"心脏保健"，三步一个小平台，五步一个大平台，让你走走歇歇，歇歇走走，气不喘，脸不红。台阶系统还有一种美趣。一个人，可以走过邻居的后窗，可以走过邻家的房顶。房里的人可以跟户外的人打招呼，又不受他的侵扰。如果你拉开后窗的窗帘，你很可能看到邻居友善的双腿，在你窗外步步高升。这比一般公寓的阴森恐怖的楼梯间，实在"温暖"得多。这里的"楼梯间"是有阳光，有盆花，有"空气"的。

　　我常常想，现代公寓的楼梯间应该大大地"温暖化"起来才好。楼梯间应该贴华丽的墙纸，楼梯扶栏应该"天天用打光蜡"打过，整座楼的楼梯都应该铺塑料地毯。"照明"要够，并且还要悬挂美术灯。每一个平台都要摆一盆"室内植物"。每一户都要对着楼梯间开窗户，对楼梯间射出"温暖的家的亮光"。每一个楼梯转折处都要安装"整座楼都会响起来"的警铃。这样，楼梯间就不会成为"什么事情都可能发生"的"大楼里的荒野地"了。

　　我又注意到新城里每一家，在客厅的落地窗外都有一片青草地。这一片青草地的下面，就是下面那一家的客厅的屋顶。这个构想是很妙的。

　　站在客厅外的"草地"上，你绝对想不到朝鲜草的下面住有人家，那一家人还在"草的下面"看电视。坐在客厅的美术吊灯下谈天，你绝对想不到美术吊灯的上面，会有"头顶上的邻居"在那里剪草浇花。

　　你可以在"空中草地"上散步，看山，眺望山下的风景。白天，你可以躲在白云深处看河，看田；夜里，你可以看到平地上的万家灯火。

　　山中很静，静到几乎随时可以写稿，用不着像住在城里那样，非得等全城的人差不多"油尽灯枯"得都睡了觉，你才能爬起来抢那一段寂静的时间"释放你的才华"。

薇薇夫人说，这山里还有山，那是真正的"深山"，那是一个有竹林，有泉水，有羊齿植物的幽静的世界。那样的深山，大概离"香菇的家乡"不远了。

在山上吃过"最初的晚餐"以后，我心中忍不住对薇薇先生、薇薇夫人、薇薇小弟弟、薇薇小妹妹羡慕了起来。虽然他们离办公地比我远，但是他们离竹林，离清泉比我近得多。我多么希望有一天，我们的家也能在泉声中，不在汽车内燃机的吼叫声中，吃我们的晚餐。

▶ 我的○○七

有一次参加一个"中文系的人"很多的宴会，满座的杜甫、李白、韩愈、柳宗元、欧阳修、司马光、苏轼、李清照，都是会喝酒的。一个个透明的玻璃杯里，斟满了美丽的橘色液体。酒杯相碰再分开，在那一声清脆的"叮"响过以后，杯里美丽的橘色液体就在笑声中不见了，笑声还没停息，酒瓶已经伸过来"空中加油"，透明的玻璃杯里又荡漾着美丽的橘色液体了。

宴会散了以后，我的菊花色的脸变成了玫瑰。我眼睛所看到的人影，都成了童话世界里的人物。他们穿的衣服颜色都那么鲜艳。他们都能双脚离地，在我眼前飘来飘去：绿色的跑堂领班，粉红的侍应生，咖啡色的账房，紫色的门童。我糊里糊涂地跟着在前面飘着的两位散文大家下了楼，走到墨绿色的街上，钻进了一部"普鲁士蓝"的出租车。

那个"丁香色"的司机刚把车子开走几"步"，我忽然大喊一声："停车！"车停以后，我打开车门，跑回那家大酒店，走进电梯，"腾云驾雾"地上了三楼，冲到刚才归我们所有的单间，在枝形衣架的下面，伸手一抓，紧紧把我的小手提箱抓在手里。它没丢，我的"〇〇七"没丢。

几年来，这黑色银边的"〇〇七"，已经成为我身体的一部分，在我发觉我的身体少了一部分的时候，我自然知道应该赶快把它找回来。酒醉的人有时候连自己的手脚在哪儿都不关心，我就是在醉酒的时候也忘不了我的"〇〇七"。唯一能使我忘记我的小手提箱的，恐怕只有强力的"哥罗芳"了。

我是一个善忘的人，因为我从来不训练自己用脑筋去记住任何事情。如果事情真是那么重要，我就把它写在任何一张纸上。闲下来的时候，我会把那些大大小小的纸条，一张一张拿起来读，一下子就什么事情都想起来了。我的"用手记忆"的习惯，使我在许多时候，许多地方，都成为"记性"最好的人，我不但能记住许多事情的细节，并且还能记住它们的标点符号，因为我的"记性"跟视觉有很密切的关系。我常常"阅读"我应该记住的事情。有一本《林肯传》，描写过林肯那顶有名的大黑礼帽。林肯喜欢把他随时想到的事情写在小纸片上，然后塞在大黑礼帽的内缘里。有空儿的时候，他就安安静静地"读"他的大黑礼帽，想想大计划，构思讲演稿。对林肯来说，帽子也就是脑子，脑子也就是帽子。据说，他那有名的盖茨堡讲词，就是大黑礼帽的产物。

我所以采用"用手记忆"的方式，并不是想模仿美国的第十六任总统。实在是，像"记忆"这种第二等的工作，除了在大学里为了应付考试不得不委屈大脑亲自去办，应该交给"手"去管。大脑做的事是思考跟设计。

我的问题是：既然大脑不再管记忆，我又不戴大黑礼帽，那么，我就得另外找一样"可以代替那两样东西"的东西。我所找到的最合适的东西，就是小手提箱。任何一件事情，凡是不许忘的，我就随便抓一张纸，写下来，扔进"〇〇七"。这个小手提箱，对别人来说，不过是一个"提在手里满街跑"的字纸篓，但是对我来说，它是我的大脑的分店，或者"二级机构"。

它的工作效率非常高，常常做出许多出色的工作。有一天李兄跟我借一本书。"如果可能的话，"他说，"明天带来好不好？"

"一定！"我说。我随手抓过来半张纸，写上："李兄要某某书，明天要，一定！"回家吃过晚饭，在书房里

"落了座"，打开手提箱，一眼就看到那一张"一定"！我马上去拿书，扔进手提箱，然后安心地做我想做的事。

第二天，我上班，完全把这件事忘了。李兄来了，我摆好了欢迎的姿势，露出了"有什么事情是我能为你效劳的吗"的笑容。

"关于那本书……"他说。

我用不着使他扫兴地反问那么一句："什么书？"我只要打开手提箱，一眼就可以看到那张纸条跟那本书。我恍然大悟，但是用不着做出那种表情。我只要把书端出来就行了。

"你的记性真好。"他说。

"是啊，'它'很不错！"我说。

每天临下班的时候，我也会打开我的"〇〇七"，那里面也可能放满纸条："给玮玮买手工纸""晚上写茶话""问问我的雨伞修理好了没有""买生力面，开夜车吃""理发，不能再拖""请 TT 准备好电费，明天会来收""欠旧书摊老板二十元，顺路还"……我不相信有谁的大脑受得了这么重的"压力"，但是我的手提箱行。

想使自己不忘记把写好的信寄出去，只要把那封信扔进手提箱里，用不着请太太在背上别一张"请仁人君子转告我丈夫别忘了寄信"的纸条。

　　并不是所有的事情都要写纸条，有些事情只要把"实物"放进去就行，因为它们都含有"自体说明"的性质：放进两颗糖，那是要吃的；放进一张表格，那是要填的；放进开会通知，那是要参加的；放进展览会请柬，那是要去"指导"的；放进喜帖、讣闻，那是要去道喜、行礼的；放进薪水袋，那是要交给太太的；放进一张门票，那是要去看的；放进一张摸彩券，那是要去碰运气的……

　　我从前丢过一篇"用三个晚上写出来的"稿子，非常难过，咬着牙准备回来"再写一篇"。不料一进家门，那篇稿子早就在客厅里等我了。那是一位也尝过"写稿苦头"的人捡到，根据我稿纸上所写的地址，在我不在家的时候亲自给我送回来的。因此，我也经常在"〇〇七"里放了一两份文件，都是可以显示手提箱主人的姓名和地址的。这完全是为了安全起见。

　　我发觉一般人对我"〇〇七"里的世界都很好奇。每次我买好了芝麻烧饼打开手提箱盖儿的时候，身边总有几个人把头伸过来，忘了礼貌地偷看一两眼。我的不自在是有原因的，因为里面放的东西"个人趣味"太浓，我希望保守秘密像小孩子不喜欢人打开他的抽屉。

　　这里面有一小瓶我喜欢"闻"的白花油，有一个我从来不用的鞋拔子，有两颗我忘了是从哪两件衣服上掉落的扣子，有小订书机，有一大堆累积起来的一毛钱的小硬币，有许多跟餐馆要的纪念火柴，有忘了兑奖的旧发票，有一些可以换小东西的赠券，有一小瓶"以防万一"的克制胃酸过多的小药片，有时候还有梳子，有时候还有带回家去洗的"球袜"。

从前我很羡慕女性专用的手提包，深深了解那种"提着皮包"上街的"不方便"其实是"最大的方便"。现在我享受"○○七"，觉得这美观的"公文包"实在是十分出色的、可爱的"私事包"。唯一值得抱怨的是，提着这小手提箱过马路，常常被出租车当头拦住。这是因为司机们都相信，"○○七"跟出租车是一种"必然的结合"。为了避免这种"阻拦"，我已经学会了在过马路的时候不停地摇头。

▶ 看《唐·吉诃德》

16 世纪后半期西班牙作家塞万提斯的小说《唐·吉诃德》或《吉诃德老爷》，是西班牙人在"世界文学大街"上竖立的霓虹灯招牌。在"文学世界"里，"唐·吉诃德"就等于"西班牙"，"西班牙"就等于出"唐·吉诃德"的国家。

跟这种情形类似的，有英国，英国是出"莎士比亚"的国家；还有德国，德国是出"歌德"的国家；还有丹麦，丹麦是出"安徒生"的国家；还有意大利，意大利是出"但丁"的国家。

塞万提斯是军人出身，但是使他成名的是他的笔，并不是他的剑。他会驾驭种种的文学形式：诗、戏剧、小说。他一生清寒，经历过好几次的"牢狱灾"，"被关起来"

成为他的家常便饭，这个一生"住不花钱的房间"经验最丰富的不幸人，也有"幸运"的一面，那就是能在生前看到自己的作品的成功。不过这"幸运"里又有"不幸"，那就是他"阴错阳差"地一次卖断了《唐·吉诃德》的版权。这并不是他不聪明，实在是：无论是他，或者是那个出版家，都无法预见那本"逗笑的书"会成为西班牙的国宝。

如果《唐·吉诃德》出版以后，西班牙人对那一本"讲一个疯子的故事"的书不产生兴趣，因而全部只卖出一百五十册，塞万提斯偏偏又坚持要"拿版税"，最后他所能得到的，恐怕不会超过十个西班牙的"比塞塔"。这不是比"卖断"更惨吗？"书市场"的事，不论是诸葛亮还是吴用、刘伯温，都不敢作预测。

少年时代读"翻译到中国来"的《唐·吉诃德》，最觉得新鲜的是这部小说每一章的"标题"都是又长又乏味的。例如有一章的标题，我记得是《叙述唐·吉诃德如何说服桑丘做他的侍从》。看到这种"不讲究"的枯燥的标题，谁都会觉得可笑；可是一读到"内文"，又忍不住要赞美塞万提斯那支五彩笔。书中的那个吉诃德老爷，是一个乡绅，因为读中古时代的"骑士文学"读多了，感叹"世风日下"，激起了热肠，竟幻想自己也是一个武士，搬出"古装"来，把自己打扮成"古代的武士"，骑一匹瘦马，要到天下去打抱不平，除暴安良，拯救苍生，结果闹了许多笑话。这个"面带愁容的武士"，最后是狼狈不堪地被人"抬"回了老家。

这部小说因为写得精彩，像其他杰出的文学作品一样，成为"有多方面含义"的作品，几乎每一个读者读了，都会觉得"有许多话想说"，都认真地想告诉别人这本书的"真正"含义是什么。我从前就读过许多文学批评家对这本书的讨论，每一个批评家都有自己的"真知灼见"，一人一种，都不相同。"完美艺术"的特征是：总有许多批评家争着要为它做"最具权威性的解释"。

最近好莱坞为"已经没有版权"的《唐·吉诃德》拍的一部彩色影片，在台北放映，中文片名叫《梦幻骑士》。这部影片拍成"歌唱片"的形式。影片里并不是没有"道白"，不过在重要角色有重要的话要说的时候，因为那是"心里的话"，是"很重要的抒情"，所以就会"唱"起来。这情形跟我们的京剧几乎完全一样。

这部影片的外景，拍得非常出色。吉诃德先生"瘦人老马"，桑丘"胖人矮驴"，双双要到"江湖"上去"行侠"的时候，"侠影"所经过的那一片几乎没有一棵树的黄土平原，平原上那一座孤零零的老旧风车，造成法国雕塑家罗丹所说的"丑陋的美"。这个画面，我相信在不久的将

来，会成为美国新版的百科全书里的彩色"照片插图"。

　　还有那一座出现在土山脚下的荒野客栈，那破破烂烂的，可以在大门前眺望黄土平原的小客栈，也有一种"美的丑陋"，无论从哪一个角度看，处处都可以做那部杰出的文学名著的出色的"插图"。

　　我最感兴趣的，是剧本里对那部"没有版权"的文学名著的"处理"。在这部"人人会唱歌"的影片里，出现了傻里傻气的"理想"跟"要钱要饭"的"现实"的冲突。

　　影片里的吉诃德老爷，尽管在"年龄上"已经不适合跃马横枪到江湖上去受累，但是他因为受了"骑士文学"里那种"骑士的高贵美德"的感动，所以不怕"旅行的劳苦"，坚决换上了残缺不全的"武士装"，要到天下去实践"骑士的美德"。他在现实的环境里，确实实践了"吃苦""勇敢""尊重女性""除暴安良""坚忍不拔""宽恕敌人"这些"古代的德目"，心中充满了"重新找到理想人生"的快乐。

　　吉诃德老爷遇到的人，却个个都是"聪明"的，现实的，深深懂得"钱是钱""饭是饭"的平常人。他们习惯向罪恶屈服，向"不合理"屈服，向"虚伪和贪心"屈服。他们绝对不讥笑"堕落"，他们讥笑的反而是吉诃德的"崇高理想"。在他们的心目中，有一种尝遍苦头所得来的"生存法则"存在——这才是他们的"真理"。

　　吉诃德老爷的"崇高理想"，搅乱了"堕落得很习惯"的社会的"生存法则"，也侮辱了那"生存法则"，因此他把别人"激怒了"或者"弄糊涂了"。大家对这种"莫名其妙"的人物的"反感"是很"深"的，所以就把他看成疯子，要设法治他的疯病。

他的"未来的财产继承人"——他的侄女，其未婚夫，为了治好他的疯病，就化装成"银盔银甲"的"明镜武士"，带着四个"拿镜子当盾牌"的化装随从，在荒野里拦住了"面带愁容的武士"吉诃德老爷。他们用盾牌上的镜子照"面带愁容的武士"，使心中充满了"崇高理想"，胸中充满了"武士气概"的吉诃德老爷，不但在镜子里看到自己的"愁容"，同时也看到自己的"干""瘦""衰弱""丑陋"跟"狼狈不堪"。

镜子是人类最有哲学意味的"用具"：镜子反映现实，镜子是"凡人的眼睛"。镜子只能照黑发白发，只能照出脸上的皱纹，但是永远照不到"胸中的理想"。一个熬夜看护病童的母亲，在"镜子的眼睛"里是丑陋的，因为镜子照不到母亲"胸中的爱"。古今中外多少英雄，都被镜子"缴械"，交出了胸中的理想。吉诃德老爷也是一样。

"失败归故乡"的吉诃德老爷，因为被镜子缴了"械"，所以胸中再也没有理想，整个人就像一张"着了魔火的白纸"，顷刻间烧成"灰烬"。他变得毫无生气，"奄奄一息"，心中充满悲哀跟绝望，"愿意"依照习俗，请教士替他写遗嘱，分配他的"遗产"。如果整个故事只叙述到这里为止，那么这部影片就没有什么可看的了。

在影片里，吉诃德先生"生命的蜡烛"快要熄灭的时候，客栈里那个曾经被"面带愁容的武士"看成"圣洁的女神"的那个人人心目中的"下贱"女侍，特地跑来看他。女侍重提唐·吉诃德的理想，勉励似乎已经"绝望"的"面带愁容的武士"不要放弃理想，竟使他"面带笑容"地醒悟过来，生命的蜡烛又"开"了最后一朵烛花，然后熄灭。

吉诃德老爷并不是在悲哀绝望中离开人间的。他重新"肯定"了理想，然后才离开。他的理想不死，传到世世代代。

我是只有"小猫三只五只"的剧场里的一只猫，但是在影片结束的时候，我看到邻座有一个年轻的大学生"掩泣"，我自己也成为《琵琶行》里的"江州司马"了。

▶　中国的月亮
　　——八月十五应景儿文

　　月亮是一块冰凉冰凉的大石头，追随地球，死缠不放，在寂寞寒冷的太空里绕圈子，绕了亿万年。

　　地球像一头疲倦不堪的老驴，拉着沉重的"时间的大石磨"，一圈又一圈，一年又一年。月亮是那只瘦小的哈巴狗，是寂寞的、疲倦的老驴的同伴，是它做这份沉闷吃力的工作唯一的安慰者，在它的脚边跑来跑去。

　　月亮离地球太近了，原始人会用眼睛的时候，夜里就开始注意到这一盏吓人的大灯。浑身是毛的原始人，坐在粗糙的地球的岩石上，大口咽着血淋淋的野象肉，对着那盏大灯，狂野地、狰狞地大声笑着。这大概就是人类第一次的"夜生活"，像我们现在静坐在咖啡馆听肖邦的钢琴协奏曲一样。

　　人类最初对月亮有情，大概是由于月亮的"会偷看"。在静夜，在孤独的时候，一抬头，月亮在那边看着你。许多夜间的秘密，只有月亮知道。月亮慢慢成为人人的"自己人"。人类学会对月亮倾诉，有声的，无声的，月亮就成为人人的"密友"。

　　太空中那块"离地球很近"的，寂寞的大石头，一跟多情的人类接触，它的生命就开始丰富起来。本来是"无情的月"，却成了"有情的人"。世界上许多民族，文明的，野蛮的，都有古老的关于月亮的神话。这些神话，从现代观点看起来，不幸不但没使月亮不朽，反而证明月亮已"朽"。那些"月亮故事"使现代的教育家紧张，在讲述的时候忘不了补充一句："那是假的。从现代科学的观点来看，月亮怎么样怎么样……"这一声"那是假的"，就足够使月亮全"朽"。那种"科学月亮"实在要命，太不可爱了。

　　不过月亮所交的朋友当中，也不是全都冷面无情的。它运气很好，交上了一个真正爱月的民族，那就是我们这些炎黄的子孙。我们这个民族，在我们的文学作品中，赋予月亮不朽的生命，主要不是靠着神话，而是从心灵的深处，从日常生活中，从感觉中，真挚地爱上了月亮。我们赋予月亮一种永恒不朽的诗趣。月亮照着汉朝的宫殿，照着唐朝的长安，也照着统一饭店，照着违章建筑，从古代到现代，一直在安慰那些屋子里的人。

我们这个民族，认为只有靠月亮，才能完成一幅"文学上的不朽的图画"，那些图画，不只是画面美，而且含有浓厚的情感色彩。唐朝夜里的长安城，必须靠月光来装饰才够美，最好是整座城都映着月光。这种"染月光"的意念，使李白写出"长安一片月，万户捣衣声"的有名的诗句。这种"文学上的不朽名画"，诗人李白会画，诗人杜甫也会画。杜甫画的是"星垂平野阔，月涌大江流"，想想那滔滔滚滚的大江，那波浪上跳动的月光！田园诗人王维也画得不错。他在《桃源行》里画松树，画房子，不够，再添一个月亮就使全盘美化起来："月明松下房栊静。"松树本身不够美，加上月光就美极了。王维运用月亮的天然光，就像现代室内装饰艺术家运用灯光那么棒。"明月松间照，清泉石上流"，如果把柔和的月光去掉，不是味道全没了吗？白居易在有名的《琵琶行》里，有三幅文学上的"月亮图画"杰作。第一幅是"醉不成欢惨将别，别时茫茫江浸月"；第二幅是"东船西舫悄无言，唯见江心秋月白"；第三幅是"去来江口守空船，绕船月明江水寒"。张九龄所画的壮丽大幅文学图画，也很使人动心："海上生明月，天涯共此时。"对中国人来说，月亮就是"美的化身"，月亮就是"美"。

中国人喜欢跟月亮交往，文学作品上常常有"跟月亮在一起"的记述。李白有一次下山，月亮送他回家："暮从碧山下，山月随人归。"老人家做人豪迈痛快，心情激动的时候怕人说他是疯子，所以只有去找月亮喝酒去，说过要到天上去找月亮玩儿的傻话："欲上青天揽明月。"他常常请月亮喝酒："举杯邀明月，对影成三人。"李白、月亮、影子，多热闹，三个知心朋友；但是也多寂寞。老人家主张："人生得意须尽欢，莫使金樽空对月。"杜甫也是"月友"，也说过"几时杯重把，昨夜月同行"，爱月，跟月喝酒。王维弹琴的时候，月亮也伴着他："松风吹解带，山月照弹琴。"月亮是中国人永恒的朋友，真挚的朋友。

中国人相信月亮是"有情"的，通人性的，所以诗人张泌甚至说月亮会关怀人，是一个纯情痴心的朋友："多情只有春庭月，犹为离人照落花。"因为这样，中国人在面对明月的时候，情绪波动，好像躺上现代心理治疗医师诊所里的大皮椅，童年、故乡、远地的亲人、自己的身世，都涌上了心头。中国儿童都会朗诵"床前明月光，疑是地上霜"下面那有名的两句："举头望明月，低头思故乡。"这是李白的。杜甫的呢？"露从今夜白，月是故乡明。"王昌龄的是："秦时明月汉时关，万里长征人未还。"卢纶，唐朝诗人，也有"万里归心对月明"的感触。

跟"月"有关的诗句中国人也爱念爱记："月落乌啼霜满天，江枫渔火对愁眠。（张继）""烟笼寒水月笼沙。（杜牧）""明月几时有，把酒问青天。（苏轼）"这些"月句子"，中国人念起来津津有味，因为它跟月有关，因为它是美的。

八月十五是我们中国人的"月亮节"。在这一天，我们应该为我们是爱月的民族而感到自豪，因为我们靠着历代作家和诗人的努力，已经赋予那块在太空流浪的大石头不朽的生命。我们的文学，使月亮从古代到现代，一直活在人类的精神生活里。只有中国人，对"月亮"这个语词才有那么丰富的"语感"。中国人把月亮迎接到现代，并且使它不露一丝儿"矿石味儿"。

▶ 第一个圣诞节

中国人把"过圣诞节"看作"外国风俗",世界各国,几乎也都把"过圣诞节"看作"外国风俗",圣诞节成了所有国家的"外国风俗"。但是所有的国家都喜欢这"外国风俗",都设法把这"外国风俗"染上一点儿民族色彩。在"世界各国的民间",这个日子已经"被发展"成一年里最多彩多姿的节日了。

圣诞节是"送礼的节日";圣诞节是"吃火鸡大餐的节日";圣诞节是"开舞会的节日";圣诞节是"交换贺卡的节日";圣诞节是"摆圣诞树的节日";圣诞节是"一家团聚的节日";圣诞节是"带孩子逛百货公司的节日";圣诞节是"欢乐人间"的大节日。

不过,真正使圣诞节成为"令人动心的节日"的,实在是"文学作品"。文学作家常常在无意中成为"圣诞节文学"的建设者，安徒生的《卖火柴的小女孩》，狄更斯的《圣诞颂歌》，欧·亨利的《圣诞礼物》，奥尔科特的《小妇人》，都是最普通的例子。就像中国诗人"不停地写月亮"，最后竟使"月"这个字成为"最令人动心"的字一样，世界各国的作家因为不停地写圣诞节，最后竟使"圣诞节"成为一个"令人动心的节日"。

圣诞节被作家用来作"对比"，作情节发展的高潮，作"暗示"，作"象征"。圣诞节被用来制造种种的"文学效果"。作家学会了怎么运用"圣诞节"这个语词来使读者"会意"，也学会了怎样运用"圣诞节"这个语词来使读者鼻酸。被作品所感动的读者，一看到"圣诞节"，就像泥遇到水。

这情形，跟我们的"月亮文学"一样。中国人读到"月如钩"，所"得到"的，并不仅仅是"月亮像一个钩子"这一层意思。"月如钩"不仅仅是"叙述"，它含蕴着"意味"。"意味"是从"联想到千百篇令人动心的文学作品"来的。

作家使许多令人感动的事情都发生在圣诞节，因此圣诞节就成为"发生过许多令人感动的事情"的节日了。

有一个美国作家，在一篇谈圣诞节的散文里，提到"为什么圣诞节会成为一个令人难忘的节日"的原因，说这是因为许多人在圣诞节做了"仁爱"的事情，因此就使圣诞节洋溢着"人性美"。

圣诞老人送礼物的传说，也洋溢着成年人对幼小者的"爱"，日子过得去的人对贫困的人的"爱"。

他，那个写散文的美国作家，在文章的最后，诚恳地鼓励他的读者在圣诞节做一件"仁爱的事情"，因为圣诞节的基本精神是"仁爱"，他说。

在圣诞节给朋友寄一张卡片，不管你有没有接到"回信"，你已经做了一件仁爱的事情，你问候了你的朋友。

圣诞节在客厅里摆一棵圣诞树，让孩子快乐。你已经做了一件仁爱的事情，你给孩子有"温暖的家"的感觉。

有许多现代父母在圣诞节买书给孩子，向孩子表达自己的关心跟鼓励。这也是一件仁爱的事情，你欢迎孩子进入你所喜爱的"书的世界"。

我的"初中"是在一个教会学校念的，第一学期就"有"圣诞节。我们五个被班上身材高大的同学叫作"五君子"的最矮小的好朋友，在圣诞节前的那几天，几乎天天都在讨论令人动心的"圣诞节行动"。我当时还是一个没有圣诞节"文化"的"新人"，但是我兴奋热烈地要求"被安排"。我们的计划是自己组成一个"报佳音"的小队伍。

"四君子"告诉我，这也是他们一生中第一次决心自己组织"报佳音队"，而且答应让我参加。他们描写跟着别人三更半夜在不见人影的住宅区街道上走路的特殊感觉。"你听得见自己的心跳，所以你要不停地唱《平安夜》来壮胆子。"他们说。

"有时候走进完全没有路灯的僻静街道，大家就手拉着手，嘴里大声地唱。"他们说。

他们告诉我，在出发以前，大家都喜欢聚集在教室里谈天、吃东西，等钟敲十二点。

他们告诉我，到了老师家门口，唱过一首圣诞歌，如果二楼老师家的灯不亮，他们就站着不走，不停地唱，不停地高声道贺。到了最后，灯亮了，老师穿着睡袍，用绳子放下一个篮子来，篮子里放的是橘子跟糖果。

有时候运气好，师母会下楼来开大门，把我们带进客厅里去吃热的东西。

五个小孩子半夜里在街上走，会不会遇到坏人？不会。那一天是一个吉祥日，路上一个坏人也没有。他们说。

被他们说动了以后，我回家就跟父亲说我打算去参加一个这样的队伍，我的口气就像是要去参加远征军。父亲是懂得教育男孩子的："夜里要穿暖和一点儿。"他只说了这一句话。

　　到了 12 月 22 日那一天，我很不幸地突然病倒了，发着高烧，向学校请了假，同时也跟"远征军"失去了联系。我整天昏昏沉沉地睡，只有家庭医师来打针的时候才醒一会儿。

　　24 日半夜，全家都睡熟了，我迷迷糊糊地听到一阵歌声，还有很好听的六弦琴伴奏。我听出来那是"四君子"的歌声。歌声一停，他们就高声喊我的名字，齐声说"圣诞快乐"。他们真的实现他们的愿望了！他们是来告诉我这件事的。

　　我没有力气下床，他们也就一遍一遍地唱着《平安夜》不肯走。后来我挣扎着去开电灯，从客厅桌上抱了四个橘子，艰难地走到窗口。我看到我四个最好的朋友，站在楼下的马路上，抬着头，向我招呼，在半夜里。

　　我衰弱得不能喊话，就用尽全身力气，打开了窗户，把四个橘子扔出去，然后力竭地倒在地上……

　　这是我的第一个圣诞节。从那次以后，我就不再把圣诞节看成一个"外国的节日"了。

卷二

另外一种游历

▶ 雨

　　从十二岁第一次半夜里爬起来听雨，到现在常常坐着听雨到半夜还不睡，我一直觉得大地在"被洗"的时候比"被烤"的时候清新得多，宁静得多，可爱得多。

　　十二岁的时候，我认识一个姓蒲的白话诗人。他告诉我："雨后的青山，像忏悔过的良心。"我不知道"忏悔过的良心"是什么样，但是只要在"雨过天青"的时候，由三楼我床边的大窗户向远处看，看那一座形状像"山"字的山，绿绿的，静静的，我就懂了，似乎就懂了。

　　我在我的"焚烧的年代"做过许多错事，却一点儿也不知道追悔。平安度过那可怕的年代以后，我发现从前用叛逆的态度去争取的"独立的人格"已经得到了，但是跟"独立的人格"一齐来的，是责任责任责任。我发现我是我父母的长子，我是我弟弟妹妹的大哥，我是我自己的掌舵人。

"家的一分子""社会的一分子""国家的一分子""人类的一分子"，一层责任再加上一层责任，一层责任再加上一层责任，责任真是比山还重。在"焚烧的年代"，我"恨"我自己不受人重视。由"焚烧的年代"走向成熟，我"铸铁成剑"，我所关心的是"不要伤害任何人"。剑只是"锻炼"的象征。剑应该"入鞘"。

我已经长成。我应该学习跟别人和平相处，应该学习吸收别人的智能，应该用最好的态度对待人。我的脑子里应该有最精密详尽的"档案箱"，记录我所认识的每一个人的优点、美德跟特长。那一张一张的卡片都写满了字，因此没有地方记录别人的缺点。别人的缺点，让它"记录在流水上"吧，让它流入宰相肚子里的那个"海"吧！我应该学习跟人"合作"，学习跟人在一起"创造"，学习"合作、创造"。

从幼稚的希望"受人重视"，进入成熟的学习"重视别人"，这个路程是艰难的。我走得并不好，常常伤害了别人。有一次，我在语言上伤害了我父亲，那时候我是十八岁，刚脱离"焚烧的年代"不久。我很后悔，恨自己的不成熟，竟用那种态度对待童年最亲密的"大游伴"，竟对自己的父亲"用剑"！我掉了泪。在"焚烧的年代"，伤害了别人就是我的"胜利"；现在，我却在"胜利"中痛哭。我抬眼眺望窗外的远山，忽然领悟到"忏悔过的良心"确实很像我经验里的"雨后的青山"。

雨会使人发愁，这个经验我有。

二十岁的时候，全家逃难到漳州。九龙江上的汽艇在大雨中靠了码头。披蓑衣的挑夫把我们的行李送进旅馆。一家人困守在旅馆的小房间里。父亲的工作还没有着落，找房子的事情也没有着落。窗外的雨下个不停，远处是一片"哗啦哗啦"，檐下是一片"滴滴答答"。没有人敢谈到"前途"，没有人敢提起"将来"。

雨下了十几天，我们也在旅馆里困守了十几天。每天茶房进来装好开水，提着大茶壶走出房间，父亲就在他背后发出一声叹息——又是一天的房租钱了。天空没有晴意，旅馆里的人说是会下"七七四十九"天。后来，有一天，父亲叫茶房替他买来一把油纸伞。

"不要再等了，"他对我说，"我们出去办事！"

这句话给我很大的鼓励。"爷儿俩"合用一把雨伞，在雨中出去拜访亲戚故旧，在雨中找房子，在雨中看漳州风景。我们在雨中把一切事情办妥了。父亲的工作讲妥了，房子也租妥了，我们在雨中搬家，父亲在雨中去就新职。

在买伞以前，我们愁眉苦脸，在雨中愁坐；买伞以后，我们的态度积极了。头一天，我们并没有把什么好消息带回旅馆里的小房间。几天以后，我跟父亲就成为"每天到雨中去搬好消息回旅馆"的专使了。

放晴的那一天，太阳照亮了漳州的石板街的那一天，我们发现小城在晴天是很美的。母亲把全部行李都搬到外面去晒太阳。我带着小弟去参观他就要就读的"中心国校"。我们的心情就像参加一次博览会的揭幕典礼，然后高高兴兴地进入里面的花花世界。

"清明时节雨纷纷，路上行人欲断魂。"我知道这种文字的搭配是很美妙的，我也知道雨中的行人，看起来有点儿像"沉默的鱼"。"雨"跟"愁"永远像一对姐妹。但是从另外一个角度来看，"雨"对真实人生有启示作用。

那个"借问酒家何处有"的人，大概是想买酒浇愁，大概是情绪低落想喝杯酒解闷吧。我跟父亲在雨中所说的，却是："借问哪儿有房子出租？"我们并不想上"酒家"，我们是积极地做事，为将来作安排。

在真实的人生里，在"欲断魂"的情况中，抓住一件有意义的事，用积极的态度去做，管他风风雨雨，心中自然能获得宁静，能培养起定力来。就算那雨是要下"七七四十九"天吧，我们在第五十天还是要跟太阳见面的。

在我的人生经验里，我只经历过那一次"雨中愁"。从那唯一的一次以后，"雨声"对我就成为铜鼓声了。听到那鼓声，我就会告诉自己："找一件事情来做！找一件事情来做！"我已经养成了"雨天里的好习惯"。我会在一百件想做的事情里，挑出一两件来"进行"，配合着那鼓声。如果我是童子军教练，我绝对不会下令在高旷处扎营等雨停，我会带他们去爬山，让他们在雨中笑，让他们在雨中快乐。

许多平日勤奋的人，常常在雨中享受"勤奋的报酬"。在"三只小猪"的童话里，那个盖砖房子的不怕辛苦的"猪老三"，在不漏的房子里，坐在火炉边听雨，实在是一种乐趣。雨声好像在七条街以外，屋子里是"干干"净净的，玻璃窗户关得紧紧的。他静坐在安乐椅上，看窗玻璃"流泪"，自己并不流泪；看窗外草木飘摇，自己并不飘摇。入夜，屋外是风声雨声，屋里却是灯光祥和，四壁"镀金"。那时候，"猪老大"的草房子早就被风吹跑了，"猪老二"的木板房子是屋里屋外一起下雨，要打着伞才能喝汤。

我这个忙碌的都市人固然也不喜欢碍事的雨，但是总觉得一个君子应该要有"下雨也没什么关系"的胸襟。

▶ 影子

　　我认识的一位作家，在盖楼的时候抢救了一棵两丈多高的好树。公寓盖成以后，那棵树"报答"他一窗户的树影。

　　晚上客人来，他常常灭了客厅的灯，恰啦恰啦地拉开大窗帘像电影院拉开了舞台幕。客厅的大玻璃窗上"树影婆娑"，几万片的树叶起舞像"小麻雀群"，充满了"生命的欢欣"。那一窗户树影常常使客人忘了回家，忘了一个由铝、水泥、钢铁、玻璃所造成的冰凉世界。大家仿佛都成了树海中的一座温暖别墅里的访客。大家右手端着的那一杯茶，也仿佛是用甘美的山泉，不再是用自来水烹煮的了。

　　他用"一窗树影"待客。我很高兴我是被招待过好几次的熟人。

　　我家客厅的大南窗，白天总是"一窗户太阳"。可惜自己是个生活很不自在的"上班人"，只有星期天才有福气看窗上的树影。我像一个错过了六部好影片的影迷，用稍稍"愤慨"的心情贪心地看，胸中有"这第七部再也不可以放过"的"悲壮"情怀。

　　我的窗玻璃上"放映"的是圣诞红。往年，在这个季节，正是圣诞红跳舞跳得最好的时候。那长长的花瓣，那长长的叶子，都"投影"在窗上。看着那一场"舞"，心里就会想起冬天里一连串温暖的节日都快到了。

　　"味觉的童年"也苏醒了：见闻广博的舅舅介绍到母亲家族里来的非常"北方"的腊八粥，还有"纯南方"的、简直可以叫作"雪糕"的洁白的"萝卜糕"。

　　但是今年，我的圣诞红凋残了。这是因为隔壁"起"高楼，有一天水泥浆像瀑布流到院子里来，几乎使院子里"绿色的三分之一"成为"惨灰色"的"化石花园"，几乎使所有的植物都变成矿物。圣诞红也成为"种在水泥里的树"了。

　　凋残了的圣诞红虽然使我看了伤心，它那一身枯枝枯叶里虽然已经没有"生机"，但是它映在窗上的影子像"残荷"，有一种"夕阳美"。挂在枯枝上的片片下垂的叶子，虽然不能"起舞"，却像平静下来的雄心，像英雄对往事的追忆，是最动人的人生境界。

那片片下垂的叶子，也使我想起中国语言里一个最伟大的语词，那就是"宽恕"，不反击的"宽恕"，宁愿自己受苦的"宽恕"。

甘地的宽恕使当年高傲的英国人自觉是"野蛮民族"。

我还想起母亲的爱。她不再继续责备不听劝导的子女，低下头，默默地拿起了"手中线"。

我很喜欢家里的"南卧室"，整面南墙就是一个大大的窗户。白天打开窗帘，整个房间都是阳光。最近我把书房的书桌移到这里的窗边，等于无意中进行了一次有效的"曝书"。我堆在书桌上的两三堆书，都很顺利地完成了"排除过量水分"的处理。

我的书桌有了真正的"日光灯"，不过好处还不止这一样。卧室的窗户装的是磨砂玻璃，这是为了打开窗帘，放进阳光的时候，"不"同时也放进邻居楼上的"眼光"。这种措施，虽然使我"因此"不能看风景，但是也"因此"使我获得了"树影"。

窗外不远是大门的门亭，门亭上的紫藤的影子就成了我的"磨砂玻璃上的图画"。我很爱紫藤的坚强的"茎影"，也很喜欢它那"羽状复叶"的潇洒的影子。我常常放下形状单调的笔，伸手到玻璃上去试着"捉"一片跳舞的小叶

子像捉一只蝴蝶。

　　最有意思的是有时候真有蝴蝶来。蝴蝶来到门亭上的紫藤上空，它的影子就"投"在我书桌边窗上的磨砂玻璃上。这也是"传影"，这也是"电视"。

　　真的蝴蝶来的那一刻，在院子里是一件小事，在我的窗玻璃上却是一件大事。我的眼珠随着蝴蝶转，我的心里求它别飞开。我想喊人来看，来跟我享受共同的经验。不过蝴蝶永远是蝴蝶，它像偶然的"意会"，能使你心中一亮，但是即刻又使你回到"愚惑"。它永远不肯把"一个可爱的经验"给两个人。我把孩子或者孩子的妈妈喊来的时候，她们都歪头看我，把我当作那个在山上喊"狼来了"的不诚实的牧童。

最使人心惊的，是我正在专心看书，眼梢忽然觉得有一片乌云"压"过来，赶快抬头一看，是一只"一个窗户格子容纳不下"的大"黑"猫！这只猫永远是"黑"的，在磨砂玻璃上它永远是黑的。

我们的门亭是"猫路"重要的一"站"。我知道那只猫的"坏习惯"，它老是从西边邻居的围墙外"飞身上墙"，然后走墙像走独木桥。到达第一个门亭，它不停留，到达第二个门亭，也不停留，到达我家的门亭，它站住了。

它把我们的门亭当作空中操场，在那上面做柔软体操。猫的影子并不是很难看的，但是我不喜欢读书的时候眼梢有一只"做柔软体操的大黑猫"。我不能像玮玮那样直呼它在动物学里的"属名"说："猫，走开！"我心里真愿意它赶快"滚"。

"猫捕鼠"是人类不得不容忍，不得不赞美的残暴行为，但是对于"猫捕雀""猫扑蝶"我就完全没法儿忍受。

庄周"物化"成蝴蝶，跟他喜欢"翩翩"的蝴蝶有关。他一定不会"物化"成猫，然后告诉人说他曾经是一只大黑猫。

为了"捕捉"阳光，"妈妈"常常来跟我商量，要把衣服晾在前院里。我当然只有"容忍"着答应了。那种日子里，整个大南窗上都是衣服的影子。那些衣服都是很有"个性"的，不过那种"个性"却只有家里的人才感觉得出来。玮玮的衣服永远是那么"淘气"，琪琪的衣服永远是那么"认真"，樱樱的衣服永远是那么"斯文"，妈妈的衣服永远是那么"热心"，我的衣服总是那么容易引起我"自省"，我希望我的衣服能够很"谦卑"，很"容忍"。

今天，恰好"磨砂玻璃上没有衣服"，我在欣赏"玻璃上的紫藤"的时候，忽然注意到"比紫藤低一点儿"的地方，出现了另外一种奇特的影子。这影子也挂在竹竿上，一个个像香蕉，首尾相连，就像是一串用香蕉接起来的链子。

我不得不为这奇特的影子放下了手里的书。这是什么"植物"？这是什么"蛇"？这是什么"鱼"？在几乎放弃猜测的时候，我忽然想起"妈妈"几天前跟樱樱说的一句话："今年'灌'得很成功！"

这是"腊肠"。

原来"年"的脚步近了，原来"到菜市场去灌"的腊肠已经取回来晾了。

我的磨砂玻璃窗也是一份"日历"。在法定假日里，它会出现旗影。在"恭喜发财"的大节日快到的时候，它也会用"最有象征意味的黑影画"，给整年忙碌的人一个"幸福"的暗示。

▶ 老鼠

我挨得很近地观察一只老鼠的眼睛。那一对眼睛很纯良，黑黑的，亮亮的；跟它的脑袋比起来，那一对眼睛也可以说是小小的。

那一对眼睛不大会看人，我甚至可以下结论说，老鼠的眼睛是不看人的。我见过狗看人，那眼神是忠恳的；当然，我指的是家里的白狐狸狗"斯诺"。老鼠的眼睛，不知道为什么，总带着一种"视而不见"的茫然神态，像近视人摘下眼镜的眼睛。

那时候，这只小老鼠是在老鼠笼里，因为受到小钩钩上挂的那一颗花生米的引诱，结果用自己的牙，牵动机关，拉下了背后的"生命的闸门"，成了人类"设计才能"下的牺牲者。闸门刚关的时候，我的敏锐的耳朵就听到它在笼中一阵乱扑。等到我去看，它早就已经安静下来了。

它好像并不知道自己的命运，它在那有限的空间里作无限的散步。我因为要细看它的眼睛，靠得很近，鼻子发出的热风可能使它很不舒服，所以它扭过头，"散步"到另外一个角落。说它"散步"是不精确的，因为它走路并不像牛那样慢条斯理。它站在一个地方，说走，马上就到达了另外一个地方，站在新位置上。中间的过程，没法儿看清。四条细腿，怎么迈步，永远是一个谜。好像有一只手，把它从这里拿起来，放到那里去，它自己根本没"走"。

七八岁的时候，在家乡，听大人谈小偷，很希望自己也能看到一个。有一天黄昏，邻家大喊捉到小偷了，赶快去看，原来是一个"人"！我也怀着这种心情看到了这只小老鼠。

这只小老鼠，名气很大，半夜上过饭桌，咬破过我的书，并且在我书桌的抽屉里撒过尿。在床上听到过它拿家具磨牙，听到过它在某一个地方用牙齿切纸。我写稿的时候，常常会忽然觉得眼角有个黑影儿一晃，很奇怪它为什么老是"从我的眼角走过"。

慢慢地，孩子们也都发现它的存在，各种报告都集中到我这边来了。它上过床。它从小孩儿的被窝上走过。星期一它在书房，星期二它在饭厅，星期三它在前卧室。早晨有情报，中午有情报，夜里有情报，它无所不在。它成为宁静的家中的"恐怖"。我不能提剑入深山那样地去找它，因为它根本没有一定的巢穴。我只有等。

想起我们刚搬家的时候，屋里家具不多，每个房间都给人一种"广场感"，屋里到处都是"平原"，围剿非常方便。一只老鼠进了屋，就像一粒黑芝麻掉进了白砂糖罐里，更像一只骆驼走进了沙漠，目标显著，没处藏身；只要棒影一闪，看看情形不对，没有不由原路退出的。

现在屋里堆满家具，要捉一只老鼠，就等于进行一场极艰苦的巷战，不只是逐屋搜索，简直是逐"柱"搜索。老鼠在一尺之内躲着，你都没法儿发现。

最好的办法也只有"设阱法"了。老鼠笼在墙角等老鼠，如果老鼠不来，老鼠笼等于废物。

不过事实上并不是这样。凡是看过侦探片子的人都知道，飞蛾会扑火，小偷会扑罗网。宿命似的，偷窃者常常会不顾一切危险，直奔陷阱。不管是智慧极高的，或者根本是个白痴，都会排除万难，躲躲闪闪，历尽千辛万苦地，力求跟他的猎物接近，结果自己成了别人的猎物。

"他就要来了！"成为侦探片里必不可少的一句对白，通常都是由片子里的那个老练探长说出来的。

老鼠跟香喷喷的诱饵之间，好像有一根无形的细绳儿。

时间，环境，气氛，只要安排对了，那根细绳儿的另一头就好像拴在了老鼠的脖子上。绳子慢慢往里收，老鼠顺从地向老鼠笼里走。咔嗒！没有一只老鼠逃得了。

老鼠是善良的。这样的话使人听起来没法儿原谅，可是老鼠确实是善良的。它伶俐，胆小，细声细气。18世纪苏格兰诗人罗伯特·伯恩思还献给它一首诗，同情它只不过为了一点儿小小的食物，竟跟人类结下了深仇。

人的世界跟老鼠的世界是两个多么不同的世界。老鼠的小小的胃，只要有一茶匙的饭就能获得满足。老鼠在咬东西的时候，并不知道它闯了大祸。

它的无辜的牙，侵犯了人类的大忌讳。它只不过磨几下牙，在人类的世界里，它可能毁了太太的一件明天吃喜酒穿的新衣。它用小牙齿咬紧衣服，往里一扯，可能使先生打电话去道歉不能参加酒会。在它犯下了人类法律认为应该处极刑的大罪的时候，它可能完全不知道它到底做了些什么。

老鼠如果懂得"计划生育"，使自己成为稀有动物，那么它的命运可能会好些。如果全世界只有欧洲，欧洲只有英国，英国只有伦敦才出产老鼠，那么，一只老鼠的价钱可能比一只老虎还贵。人会用金丝笼养一只老鼠，金丝笼会摆在客厅里。请客人看看老鼠，成为重要而且难得的一种对嘉宾的招待。没有一定是非观念的人类，可能已经写下了不少赞美老鼠的诗词。笼中的老鼠走来走去，并不知道天亮以后它会遭遇到什么。

在天亮以前，我是可以把它放了的。如果我这样做，不会有任何人知道。但是要我这样做可不容易——我得跟整个人类的观念对抗。

再说，老鼠虽然生活艰难，人类也不见得好多少。老鼠为了得一顿饭，满屋子乱找，得冒生命的危险。人类为了一套衣服，所遭遇的折磨也是够辛酸的。城市里不是都住满了被称为"城市之鼠"的人吗？这些城市之鼠，这些"讨生活"的，跟老鼠不是"同类"吗？

不可能的。对抗人类的观念是不可能的。

世界上似乎只有两个人知道怎样跟老鼠相处得好。他们就是华特·迪士尼和他的弟弟。他们是在闹穷没有面包吃的时候，才跟老鼠同病相怜起来的。华特·迪士尼把这伶俐胆小的小家伙画成了米老鼠，摄成卡通片，创办事业，筑造了迪士尼乐园。这是人类有史以来，除了鼠疫，老鼠在地球上的最大的重要事件。

唉！

它并不知道天亮以后它会遭遇到什么。

也可以算是人类的敌人的小老鼠，我要跟你说"再见"了！

▶ 　擦皮鞋

　　沿着墙根排成一溜儿的五双黑皮鞋，像十个黑衣卫士，黑制服发出黑光；像十只合起翅膀沉睡的乌鸦，按着高矮，停落在一根看不见的横枝上；像五对"尼格罗"双胞胎兄弟，站在"百老汇"一家剧院的大舞台上，正在向拼命鼓掌的观众谢幕。

　　这些想象，总是在我穿着拖鞋从它们旁边走过的时候发生。夜静，客厅没人的时候，我在它们对面的沙发坐下来，看着那五双皮鞋就像看到家里五个人"另一种方式"的团聚。五个人，除了我，早就睡得像"冰箱里的鱼"，但是大家的鞋"热热闹闹"的，像连续的"剪纸图案"，在那里排演一个"主题"——大家所熟悉的家。

　　鞋在鞋铺里是"没有生命"的，它们不过是一些"扭曲了的牛皮"。戴花镜的鞋匠，用槌子、锥子、钉子、强韧的细绳儿，把牛皮造成"船"的形状。"皮船"也还是没有生命的。但是鞋只要穿在脚上，不到三个月，它的形状就会变得"很像"主人的脚。那种独一无二的，带着强烈个性的"形状"，就只有"主人"才"做"得出来了。这时候的鞋，才能够算是"自己的鞋"，才能够显露出"性格"，才能够算是有灵魂的了。

细心"读"一双鞋，不但可以"读"出主人的体重，读出主人的"生理"，还可以读出主人的生活、主人的脾气、主人的个性。一家人的鞋排列在一起，是一个伟大动人的场面。只要想到五种不同的独特的个性，彼此怎么维持美好的"和谐"，彼此怎么互相关切，彼此怎么偶然会有一些小冲突，彼此又怎么互相宽恕，就已经够人感动的了。

那些"泪"，那些"笑"，那些"忙碌"，那些"悠闲"，那些"省俭"，那些"豪华"，那些"高谈阔论"，那些"沉默"，那些"忧愁"，那些"庆祝"，那些"柔肠寸断"，那些"苦尽甘来"，谁能不动心？

有一个朋友，他也是一个"郎静山"，有一次拍了一张出色的照片。他拍的是夕阳西下，港湾里码头边停靠着几十条小船。他题照片的"诗语"只有一个字：泊。我看了很受感动。他的照片使我联想到更高的境界——厅门边，墙根儿下，那一溜儿黑皮鞋。

　　不过，我们家里那一幅也可以"题"一个"泊"字的照片，并不像我的朋友那一幅那么"整齐"。在"初泊"的时候，它们简直像急流中的"漂木"，完全不能给人"秩序感"。"归心似箭"的孩子们，"射"进客厅，来不及似的"踢"掉皮鞋，换上拖鞋的时候，脚上那两条"船"总有一条成为"覆舟"；甚至连"妈妈"也不例外。回家最晚的一家之主，推开厅门，一眼看去，是一片"台风袭击后"的港湾景象。那景象给人的感觉，奇怪的并不是"满目疮痍"。从所有"船头"所指的方向，从有些"船"的一冲冲到客厅的中央，得到的是"归鸟急投林"的印象。

　　希望孩子进入家门像进入神圣的殿堂，怀着虔敬的心情谨慎地脱鞋，那根本是不可能的。孩子都到了"容易饿"的年龄，回家以后第一个"袭击"的目标是饭厅，寻找东西"果腹"，有"成品"就吃成品，没有成品就搜索"原料"到厨房里"粗制滥造"。在那种迫切的情况下，当然不会好好儿地停泊那些船了。她们个个都是"飞身上岸"。

　　"妈妈"回家以后，在厨房里满头大汗忙得像"千手佛"的时候，我只要手里不拿书，就会不知不觉地走到厅门边，做起清理海港的工作来。我把那些到处漂浮的"船"，一条条拉到码头边，配好了对儿，再按大小顺序让它们停靠

整齐，就像我的朋友所拍的照片那样，只是这幅图画上没有夕阳。

每一双鞋，都"写"满了一个主人一天的生活。玮玮的鞋是最多彩多姿的。鞋里有沙坑的细沙；鞋底有泥，有草叶；鞋尖儿伤痕斑斑，记录的是幼儿园生"无忧地，羚羊似的奔跑"。

有一次"妈妈"做完清理海港的工作以后，到书房来告诉我："以后上班你还是走南昌街好一点儿。"因为我的鞋底粘满了正在翻修的福州街的烂泥。

有一次她问琪琪："你今天忘了带运动鞋啦？"

"早上匆匆忙忙的，半路上才想起今天有体育课。"琪琪说。

琪琪的鞋蒙上了厚厚的一层"体育记号"。

樱樱上学搭的班车要是太挤，回家的时候，她的鞋上就会有别人鞋底印出来的图案。

有一个"林肯故事"说：有一天，一个在白宫供职的人看见林肯自己聚精会神地在走廊上擦自己的皮鞋，他大吃一惊，就上前劝林肯把这件事让给他来做，因为："一个国家的元首怎么好自己擦皮鞋？"

林肯回答说："如果擦皮鞋是一件不体面的事，我怎么好推给别人去做？如果擦皮鞋是一件体面的事，我当然要自己做。"

美国许多成功人物，都有"擦鞋童"的经历。大概这也是美国传统。不过，我们知道林肯虽然是一个擅长说"单纯语言"的平易的人，他的脑子却是相当复杂的。他所以会去擦皮鞋，不过是成心找一点儿"轻松有益"的单纯工作做做，好让自己更专心地思考重大问题罢了。人在思考的时候，单纯动作的节奏，常常能帮助发动"思想的机器"。这比躺在沙发里翻白眼儿有效得多。

我用这个小插曲来说明为什么我也偶然"抢"着要"给

全家擦皮鞋"。我有好几次写稿写一半"忽然"去擦皮鞋，擦皮鞋擦一半"忽然"去写稿。"江郎"只要擦擦皮鞋就会"忽然"变成"李太白"。只要灵感一到，皮鞋我就不要了。

我也用这个小插曲来解释"为什么我对家里的皮鞋这么熟悉""为什么皮鞋会给我那么多的联想"。

我在前面所描写的五双皮鞋"像十个黑衣卫士"，就是我擦过皮鞋以后，对自己的工作成绩的赞美。

连幼儿园生玮玮在内，三个孩子也都培养了"擦皮鞋"的"嗜好"，都做过"林肯"。

全家人，幼儿园生玮玮除外，都已经习惯"不去打扰擦皮鞋的人"，因为擦皮鞋的人除了擦皮鞋，还有"更重要的工作"同时在进行，在他的脑子里。

▶ 散步大道

重庆南路二、三段打通以后，很少再接到朋友这样的电话了：

"我要去看你，我现在就在二段。三段在哪儿？怎么走法？我面前都是房子。"

我也很少再这样回答了："从房顶上爬过来。你明白我的意思了吧？从你左手边的牯岭街绕过来，或者从你右手边的泉州街绕过来，都行。三段就在你看到的那些房子背后。"

重庆南、北路也是"不通"的。从重庆北路向南走，走到台北火车站，就会忽然什么也没有了。重庆北路实在是"车站北路"，重庆南路实在是"车站南路"。这条有名的"重庆路"，是台北市唯一的一条"卖月台票"的马路。

由北路到南路的"最近的通路",是进车站,买一张月台票,过天桥,再走出火车站向南的大门。整条"重庆路"的构成是这样的:"重庆北路·火车站·重庆南路一段·重庆南路二段·住宅区·重庆南路三段",多复杂!

"山穷水复疑无路"的重庆道上,尽是一些"借问酒家何处有"的断魂人。

现在二、三段打通,原先被形容为"感叹号"的那一个"点儿"的重庆南路三段,就跟一、二段连成一气,可以一笔画成。对"三段居民"来说,这是一个很大的改变。在过去,三段是隐秘、宁静的,住宅围墙里都是"年高"的好树,有梧桐,有凤凰木,甚至有樱花。夏天,那里像"养得起"一个交响乐团的文化城一样值得自豪,留住了一片出色的蝉鸣。那里的马路本来就相当宽,相当平坦,相当干净,所以很适合"印刷"树影,很适合太阳的金辊子在那里工作。

那里的交通虽然很方便,但是它那种"两头儿都是丁字路"的特点,使所有的汽车对它失去了兴趣,它所处的地位就像"日"字中间那一横,汽车横走直走,都没有理由要"取道"这一条不经济的路。因此每天进入这条"断路"的汽车是可以数得出来的。一部汽车进去,路两边的住家都会有"有一部汽车进来啦"的清醒感觉。尽管离它不远的地方整天地"车如流水"，但是进入这条马路的汽车只能论"滴"。

除了冬天，这里在一年的其他三季，都能看到推着娃娃车的母亲静静走过；都能看到有先生陪伴的孕妇，斯文地"散着步"。这里是"世内桃源"，这里是现代交通风暴里唯一寂静的"台风眼"，它所"象征"的，正是"暴风雨中的宁静"。

有一天，报纸上所提到的测量员来了，挖土机来了，蚂蚁一样多的工人来了，钢铁、水泥、工程车都涌进了这个区域，这是一篇"现代童话"，非常现代的。在我们忙着上班下班，忙着再上班再下班，忙得日子过得像一种体操的时候，重庆南路三段几乎是在"一夜之间"完全被"整容"了。

有一天，我站在路边，放眼一看，所看到的是一条出色的"直线"。从前熟悉的那个小"树湖"不见了，路两边那些很有个性的不规则的围墙也都不见了。当然，那些附丽在围墙上的墙头盆花，爬墙牵牛花，也都像阳光下的露水一样消失了。

我看到的是一种"直"的"几何"美。马路分四线，四条平行的直线，中间的安全岛又是一线，是五条直线。安全岛上的小草已经很快地安顿下来，而且活活泼泼地开

始"生活"起来了。它们，那些小草，给人"绿色舞蹈"的印象。岛上的小树，像小学课本的"四则应用题"的"等距算"所描写的，"每隔多少尺"种一株，整整齐齐像一排"有叶子的电线杆"。路灯杆子，金属模仿着植物，摆出一种鞠躬的姿势，像微风中的郁金香；一株一株，像一排受过军训的郁金香。

马路两边，是宽阔的红砖便道。便道树也都是"等距排列"，非常整齐地"从红砖便道上长出来"。那红砖便道跟绿树，使人想起金鱼缸。那是一种色彩的转换，我想到奇怪的"绿色的金鱼""红色的水草"。

整体上，我们的"三段"已经由从前的"隐秘"变成现代的"宽广"，一点儿不遮掩的那种宽广。向北望去，一栋高大的建筑物就像在眼前。向南望去，发现是一道宽阔的白色陆桥，那就是从前的"卖烧饼的地方"，"喝豆浆的地方"，"买小圆凳儿的地方"，"孩子们买练习簿的地方"。现在那些地方全都不见了。替代那些"地方"的是一个"突破直线的单调"的大圆环，种满了绿草；还有就是那"绿色的圆"背后我刚提到的那座白桥。

"几何"的严肃，替代了"小小区的温暖"。现代的建筑，现代的道路，都有一种没法形容的压力，使"个人"显得渺小，使"个体"对环境陌生。但是人类能克服这种"压迫感"，人类运用"联想"，把人跟人的关系编成一张网，网住了那压力。

我在这个陌生的环境里编我的"网"。此后，我到"书店街"去买书可方便多了，只要顺着这红砖便道，经过一株一株的便道树，笔直地，就可以走到那些熟悉的书店。我的家，南边是台北市有名的旧书街，北边是台北市有名的新书街，这样的环境实在是很"文化"的。

确实是很"文化"的，这条新的重庆南路的两侧，是科学馆，是艺术馆，是中央图书馆，是美国新闻处，是建国中学，是定名为"青年文化活动中心"的一座现代化的大体育馆，是一间挨一间的西书店，是一家挨一家的"中书店"，是公园，是博物馆，是历史悠久的"商务""中华""世界"三座大书屋。

而且每天黄昏，我可以带着我的狗或者我的孩子，在宽阔的大红砖便道上散步。在黄昏的时候，我可以慢慢地从桥走到火车站，然后再从蒸汽机怒吼的火车站，走回静静的、绿绿的淡水河——只要我愿意，只要我想做。

我要把这条马路叫作"散步大道"。我要使这条路对我不陌生，我要用我的"网"克服它的"陌生的压力"，我要把一切重新编织起来。

再见，围墙！再见，梧桐！再见，樱花！再见，我的温暖的"旧网"，我的"凤凰木下的娃娃车"的旧图画！

▶ 野柳印象

　　这个地方并不像《儿女英雄传》里的"二十八棵红柳树"——一座大庄院的前面，种满了柳树，左右两排，合起来共有二十八棵；那些柳树，叶子是绿的，叶筋却是红的，远远看过去，那颜色绿中带红，不像一片柳林，倒像是一片枫林。

　　这个地方也不像《飘》里的"十二棵橡树"——小山顶上，一座堂皇的白色大房子，有高高的柱子，宽阔的游廊；大房子背后是一片橡树林，树荫下是举行野宴的好地方。

　　这个地方没有柳树。这个地方根本没有树。它只是一小块伸入海中的小海岬。我相信在有阳光的日子，黄褐色的砂岩会耀眼得像黄金。但是在雨中，在黑云下，"氧化铁"的颜色暗淡无光，灰色的"硅酸钙"成为风景里的主色。

艳阳天逛野柳，通过灰色砂岩走进突出海中的黄色砂岩，一定会好像走进"米达斯"国王用他那有名的手指头"点"出来的黄金花园，金光灿烂，使人只好"眯缝着眼儿"看。但是在这种天儿，这种阴雨天儿，第一眼看过去，是一片多么使人灰心的"灰色世界"：灰色的大停车场，混浊的灰色海浪在灰色的天空下翻腾，灰色的栏杆，灰色的桥，灰色的路；还有我们穿的铁灰色西服，还有我们那两部"五千西西（5000cc）"的庄严肃穆黑轿车。

　　一阵阴冷的海风吹来，雨丝打在身上。我觉得自己像目连，像但丁，走进了一个心里并不喜欢的世界。第一次走进一个有名的"名胜"，第一次遭遇到所有"明媚"的字眼都派不上用场的困难。

　　我在彩色影片跟彩色照片里早看过许多次许多次的"野柳"。在"野柳"看不到野柳，并不使我失望。我早就知道拍一张"站在柳树边沉思"的照片回家去作纪念是完全不可能的。这一次到野柳，第一个心愿就是想知道"出卖好照片的人"是蹲在哪里，"制造动画的人"是把电影摄影机架在哪里，才能够照出那么漂亮的照片，那么动人的"动画"。我发现，有些画面，他们是要相当吃力地蹲在相当危险的地方才照得出来的。

　　在影片里所看到的"动态的野柳"确实是很迷人的——当然野柳的石头并不动，但是镜头可以"摇"，演员也可以带着"剧情"走来走去。也许是编剧人故意把故事"编"在风景上，也许是导演自己觉得"爱情加风景"能同时讨好欣赏风景跟欣赏爱情的观众，也许是摄影师好心的建议，在那些野柳镜头里，演员的任务像一个"箭头"，一边做戏，一边导游，用他的走动不停的身体把风景"指点"给人看。

　　在那种情况中，我常常觉得演员的眼神中有一种"善意的光芒"，仿佛在说："请同时也看看我背后的美景。

这是李翰祥的主意。"

在孩子还小的时候，我根据从照片、影片跟报纸的"风景专栏"里所吸收到的"知识"，跟樱樱、琪琪大谈野柳的好处跟"走法"。但是因为我们的"真正的星期日"太少了，所以几年来跟真正的野柳始终隔着一道"时间的围墙"。对野柳来说，我始终是一个"住在城里"的"乡下人"，完全外行。

后来樱樱、琪琪都参加过学校的旅行团，真正地逛过野柳了。我却还是老样儿，还是那个"热心打听野柳"，"对野柳怀着无限憧憬"的天真的父亲。一个人要"展览"自己的"知道得不多"，最好"多多写作"，这就是我现在所做的。

同时，而且同车，一左一右在汽车里坐在我的两边的，是两位具有长者身份的大散文家。他们心里想的是什么，我不知道。我只知道我在汽车买了票开进大停车场的时候，觉得眼前一片"铁灰"，心里不禁说："这么'灰色'！"

走出汽车，就有许多住在旁边渔村里的"村姑"上来兜售纪念品。有卖彩色野柳风景照片的，每套十张，装在塑料套里；有卖贝壳别针的，每一大盒有六式，分装在六个小塑料盒里；还有卖照相用的胶卷儿的，还有卖看风景嚼的口香糖的。

　　我们像土星，在许多"卖纪念品"的卫星的环绕中，缓慢地推进，走近没有花的野柳公园的售票口，买了票，从入口进去，才摆脱了"卫星"。

　　野柳公园里并没有多少土壤。有土的地方，荒草萋萋。我们所走的"路"，不久前在远处看到，一心以为是"黄土路"，现在一脚踩上去，质地坚硬，原来是岩石，黄褐色的，大概"氧化铁"的含量很多。虽然是在细雨中，但是它并不滑。

　　远望脚下，在钉床似的岩石堆里，在浅水里，有许多卷起裤腿的孩子在那里走动。他们是捡贝壳的，捞鱼的。他们的捕获物，都陈列在路边的水桶里卖给游客。那些使博物学家费了许多心血才分好类的美丽的贝壳，现在完全不分类地泡在装了海水的铅桶里，五花八门，五颜六色，可爱得很。

　　我这个在海边长大的游客，看到贝壳，也兴趣浓厚地给它分起类来：我小时候捡到过的，我小时候没捡到过的，我表弟捡到过的，我表姐捡到过的……海边的孩子长大以后，看到贝壳就像看到旧童装，就像将军看到自己的童子军制服。我很想花一点儿钱买回一点儿"童年"，摆在自己的书桌上，使我能常常想起海浪跟沙滩。但是"童年"太贵，我用最迅速的加法算一算，一桶要值好几千。

我只买了一个"贝壳烟嘴儿",把我的"充满着海鸥的幻想"的童年,跟现在的"每天在烟灰缸旁边写字"的生活连起来。

从前,有一个小孩子,有一天捡到海浪冲来的一个白色牛角形的细长贝壳。他长大以后,这贝壳就成为他写作时候所用的烟嘴儿。他有了太太,也有了孩子……这就是我的故事。

我们走到一座桥上。桥下有一个"潭"。潭里的海水碧绿。海边的孩子都知道"绿"就是"深"。有几个当地的孩子在那里卖艺。有一个节目是"捞钱"。像夏威夷港湾里大客轮边的潜水孩子一样,你扔下一块钱,"水孩子"马上潜水去捞,再漂上来的时候,举手把你的钱给你看,谢谢你。

还有一个节目是高空跳水,付费两块钱。"水孩子"从三四丈高的桥上跳进三四人深的"碧潭",看得人心惊,心中有"我谋害了他"的恐惧。但是那孩子像个不沉的橡皮球,一进水,马上就"令你放心"地漂到水面——你并没"舍财害命"。

我有一个学观光事业的朋友说:"苏东坡游赤壁,也是花钱雇游艇,大吃大喝,又吹又唱的,只差没有摆姿势照相留念罢了,所以不要批评什么'俗气的游客',没有俗气的游客，就没有观光事业。"

我们也未能免俗地，在砂岩上的"女王头"旁边，在林添祯的拿着一捆绳子的铜像前，摆很好看的姿势照了几张照片，预备留作将来"不必靠雄辩术"，也能向朋友证明"我什么地方都到过"用。

细雨中离开野柳，心中有一种"我不再是一个乡下人了"的轻松感觉。我再也用不着苦心遮掩"从来没到过野柳"的秘密。

我希望这篇不写经度，不写纬度，不查阅地图，不参考"方志"的游记，不使读者失望，因为我本来也只是想写下一点儿感想。

▶ 在火车上

　　从台北搭火车到高雄，这是一段"三百六十分钟"的路程。我知道许多人对付这一段令人厌烦的路程的方法，是"从台北睡到高雄"，使车厢成为"睡厢"，使整列火车成为装满了"睡美人""睡绅士"的最长的交通工具。如果是在白天，旅客们就在这最长的交通工具里睡最长的午觉。

　　现代交通工具的发达，早已经使"旅行"跟"睡眠"的关系变得格外密切。最舒适的交通工具，也就是最宜于睡眠的交通工具。未来的航空公司的"广告文学"，主题再不会是"速度""笑脸""点心"，它很可能演变成"我们有最软的大枕头"，或者"保证你会有最甜蜜的睡眠"，或者"你一觉醒来，就会发现你已经平安地躺在夏威夷的飞机场上"，或者"我们有世界上最先进的空中卧室"，或者"你可以穿着睡衣环游世界一周"。

我不否认我的旅行同伴买火车票就像买"睡票"，拿到火车票就睡眼蒙眬起来，上火车像上床。这是当初乔治·斯蒂芬森制造第一个火车头的时候所料想不到的。他做梦也想不到他制造的机器会跟"梦"发生关系。他绝对想不到他所制造的吵人的机器，后来竟变成"摇篮"。

所有的交通工具都不断在革新，努力的目标就是"床铺化"。不久的将来，机场都将附设规模很大的更衣室，旅客先换睡衣再上飞机。这种方式的旅行必定会大受欢迎，因现代人都太忙、太累、太困，旅行成为对现实生活的逃避，逃避的是积年累月的睡眠不足。许多"积劳"的大事业家，在镜子里看到自己的黑眼圈越来越黑的时候，就会痛下决心，毅然宣布要出去环游世界。全公司的职员就都到机场去送行，彼此都知道这是送他上床。然后，他舒舒服服地"在地球的上空"睡了七天觉。

布鲁塞尔、巴黎、柏林，都在床底下溜过。也许他在雅典醒来，但是即刻又睡过了达尔贝达、马德里、里斯本……他的床在伦敦机场停了一会儿，不久又起飞……

在飞机和轮船上放电影，这是大家见惯了的。"火车电视"虽然很好，但是一定没有"火车电影"有趣味。六小时的旅程，足够放映三部长片。这种电影，因为每节车厢都得有一个银幕，整列火车又要同时放映同样的片子，设计起来一定不简单。不过，那样旅行一定很令人兴奋。将来，车站的服务台很可能跟旅客交换这样的对话：

"请问，夜里十点半的莒光号放什么片子？"

"王羽的《独臂刀》。"

"有没有音乐片子呢？"

"有。八点十分那一班车，放的是《屋顶上的提琴手》。"

这是受电视打击的电影的新出路。

我一向不重视睡眠。并不是我不需要睡眠，实在是因为发现了"夜半无人"时，内心最宁静，外界也最安静。这种黄金时刻值千金，值得拿"黑眼圈"去交换，去"买"——无论写作、读书、思想。日久养成习惯，连生理构造都"变形"了。因此，我对于把火车变成"会走的摇篮"兴趣不高，对于把火车变成"有轮子的电影院"兴趣却非常浓厚。进场的时候，人在台北；散场的时候，人在高雄。这种旅行是很有意思的。

我睡得少，不过那是自自然然的。我从来不对自己"用刑"。我不拿一条绳子，一头儿绑住自己的头发，一头儿系在屋梁上；也不拿锥子扎自己的大腿。在我困了的时候，我一样会落入睡魔的手里。在落入睡魔的手里的时候，我一样会忘掉了一切，仿佛又回到摇篮里。对睡魔来说，我跟别的"猎物"唯一不同的地方，就只在"不那么容易就范"这一点上。

这样的人搭火车，事先就得对自己有个安排。别人只要双眼一闭，两腿一伸，就能解决的问题，我得费相当大的脑筋去拟计划。

我也喜欢看风景，但是车窗外的风景通常都"走"得太慢，"等"风景使人觉得无聊。六小时不停嘴地吃东西也不是办法，任何人都知道在生理上跟在经济上完全一样，"无限制进口"会有可怕的后果。不大容易闭眼的人，只有选择睁眼所能享受的东西——一份报纸或者一本书。我选择一本书。

那是一本一百四十八页的报告文学，内容是关于战争的。文笔是流畅的，话是明明白白的；也"抒情"，但是抒情非常无力。我是用"缓读法"来读的，所以我很容易发现他抒情无力的原因：太过暴露，不含蓄；太过爽直，不暗示。

为什么会"抒情"的人不采用痛快的"直言"，宁愿用绕脖子的"含蓄"跟"暗示"的手法呢？这是因为在抒情的领域里，正跟常情常理相反，痛快地"直言"是"最软弱无力"的。

抒情是"水力发电",一定要在"畅流"中艰辛地筑水坝,硬把流水挡住,然后利用水力来发电。"直言"是让水"流个痛快",不过那就只有水,没有电了。文学作品所以能够动人,不靠水,靠的是电。

杜甫不说:"他们一家人很殷勤地招待我,给我弄来好些吃的……"因为这个说法干脆是干脆,但是不能"发电"。杜甫说的是:"夜雨剪春韭(天也黑了,外面下着雨,他的孩子跑到园子里去割韭菜)……"他不直说"殷勤",不直说"招待",不直说"吃",但是句子发出来的"电",能触动人的心。"干脆"的说法,像手,只能碰到人的胸脯。抒情是很难的,但是一旦"抒"成功了,作者、读者都会得到很大的"快乐",因为他们共同看到"句子发电"的奇迹。

在火车上,除了看书,如果有旅伴的话,还可以享受谈天的乐趣。莒光号的坐卧两用沙发,就像精神分析医师诊所里的"倾诉椅"。说的人因为身上肌肉全部放松,几乎是躺着说话,思想可以"散步",语言可以"跳舞",又没有对方的眼睛像纳粹讯问犯人所用的"两盏强力反光灯",在对面紧紧相逼,因此,说出来的话,字字珠玑,句句莲花。

听的人也几乎是轻松地躺着的，所以特别能体会，能意会，听得懂弦上之音，也听得懂弦外之音，平沙落雁是平沙落雁，高山流水是高山流水。火车上这种并列式的坐卧两用沙发，应该"被介绍"进我们的客厅。四目相对的谈天，实在太紧张，太吃力。

这并不是"杂感"。它并不像未整理的意识流那么"杂"。最近我去了一趟高雄，坐了两次"六个小时"的火车。这一篇感想，就是我在火车上的收获。

▶ 鹿港吃海鲜

　　我很惊奇地发现这一年来所过的是一种"桌子的生活"。我把我所有的时间消磨在两张桌子上：家里一张书桌，报社一张写字桌。每天上下班对我的真正含义不过是"换换桌子"，从这张桌子走到那张桌子，再从那张桌子走向这张桌子。

　　听说长年挑担子的人，空手走路的时候，姿势像是肩膀上压着一根无形的扁担。那么，在我每天走路到另外一张桌子去的时候，我的姿势是不是已经"弯膝驼背"，仿佛胸前摆着一张无形的书桌？

　　我渴望旅行，只要是没有桌子的地方，哪儿我都愿意去，我都想去。虽然桌子维持了我的生活，但是我实在有点儿不愿意一辈子活在桌子上。像狱卒腻味他的生活基地一样，虽然仗着牢房过日子，却不大愿意一辈子住在铁窗里。

我希望我的书桌是一片大海，有阳光在波浪里扭；我希望我的书桌是一片大草原，白云像马群在它的背景上跑；我希望我的书桌是一片白沙滩，有我的脚印在上面画省略号；我希望我的书桌是挂着金灯一万盏的夜总会，所有电影广告板上的明星都聚集在那里表演；我希望我的书桌是静静的小镇，人很少，汽车很少，每个人的耳朵都听得清他想听的声音……我希望我的书桌变成各种地方，只要不"仍然还是"书桌就好。

这一回，不是带着樱樱、琪琪到鹅銮鼻去找太阳。这一回是跟随一个出色的小型旅行队到一百五十公里外一个静静的闻名的小镇去吃海鲜。离我家红漆大门一百五十米的宁波西街就有一家海鲜店，门口永远堆着蚝壳像一座小山。只要走半条有榕树的旧书街，一拐弯，再向东走几分钟就到了。现在偏要到千倍远的地方去吃它，偏要把它摆在一百多公里外作为一个终点，实在是为了旅行。写意的旅行应该有一个味觉的高潮，像野宴。而且我们的目的地——鹿港，这个有历史光彩的港镇，至今还是很强烈地激起人"海涛声里尝海鲜"的怀想——虽然实际上在镇里现在根本听不到潮水的声音。

　　这是一次温暖的同仁旅行。旅行队的队员要掏一点儿钱，但是也有人请客。不过，安排"味觉高潮"的却不是外人，是自己的队长，因为这个旅行队打的旗子是"朝拜队长的家乡"，所以我们是簇拥着"地主"出发的。半犒劳，半自费，糊里糊涂，但是也很"精明"地就启程了。

　　在案头日历上挑选了一个假日，那就是我们旅行的吉日。我们所挑的火车是"莒光号"，是舒适的快车，从台北到台中，只停两站。它跟旧的那一"光"比起来，新些，设备花样多些。座位上有叫人铃，有宽大的看风景的大玻璃窗，供应"纸毛巾"抹脸；每一节车厢尽头厕所外的墙上有信号灯，告诉你"里面有没有人"，再不会有旅客到厕所门外去排队，雅些。

　　一"同事"就是十几二十年，彼此可以从对方脸上的皱纹读到"关于往事的记载"，一起年轻过，一起正在享受成为"更成熟"的熟人，亲切地聚集在不挤、不闹的舒适的车厢里。这间"旅行客厅"里的气氛，给人一种很好的感受。

　　车到台中，换乘两部汽车，就向鹿港进发。"鹿港"，这里一定有故事。是不是当初乘风破浪渡过海峡的木船，在寻觅登岸滩头的时候，船越走越近，岸上越来越绿。船头插进海滩上的细沙中，船上人涉水登岸，忽然惊起高过人腰的野草丛里的鹿群。它们一只跟着一只，连成一道起伏不停的"鹿波"，图案似的，很有规律地向山里逃窜，所以就叫"鹿港"？

"莒光号"上没有桌子，眼睛看到的不是绿色的玻璃垫，是窗外绿色的田野。不过看那一幅"万里图"等于是第三次读一部旧书，激不起一种"游历"的趣味，可是到了汽车里，读的就是"新"书了，一部新买来看的出版了很久的书。从台中，经过彰化，再到鹿港，走公路有三十多公里。沿途看到新工厂盖起来了，公路也拓宽，漂亮了。走进小型柏油公路的时候，路两边的树木，枝叶交叉，造成穹顶，彩色影片里看到的"小公路美"出现了。就像把小船摇进了"柳帘"似的，汽车走进了绿色长廊。出来旅行，就是想看这个！

公路的尽头就是静静的鹿港镇。空气是清新的，因为还没经过"污染"加工。肺部舒畅，像倒清了灰土的吸尘器里的尼龙袋。耳膜的痛苦负担忽然解除了。在台北受够了折磨的耳朵，一下子松懈下来，反而产生一种"失职"的不自在，像每日工作时数忽然低于八小时的美国工人，闲在家里不知道该怎么办。

吃海鲜是在一家很现代的大餐馆里进行的。里面很静，大家谈话用不着像唱高音部那么吃力。事实上，大家只要用在台北说话的十分之一的力气就够应付了。

这一桌海鲜席是前两天预定的，餐馆跟食客都经历过一番期待。现在，它成为事实了。

味觉的描述是很不容易的，因为对于"吃"，聪明人都宁愿用舌头，不愿意用想象去体会。为的是海鲜席，精华就集中在最先上桌的四大海鲜冷盘。有生蚝、九孔、西施舌、蚶、花枝，它们都是趁新鲜冷藏起来的，所以上桌的时候，冰凉鲜脆，入嘴清新。配上芥末、蒜蓉、辣椒、芫荽、醋、酱油这些调味品，舌尖历遍五味的洗礼。冰凉鲜脆，酸辛香辣。海鲜是不是这么吃？反正吃起来实在很受用。我想海鲜就是这么吃的。

我们是从一百五十公里外来就食的。我们来，就是为了让舌尖尝尝这种味觉的节奏：冰凉鲜脆，酸辛香辣！

高潮过去以后，这才上有台湾特殊风味的热菜、热汤。

另外一个节目是看鹿港古迹。看过妈祖庙，再看龙山寺。我是在有寺有庙的环境里长大的，因为庙太多，寺太多，寺庙反而只成为从童年到成年的一个熟悉的"概念"，它仅仅是一个"概念"，因为我从来没有好好儿地"观察"过一座寺，一座庙。我常常很惊喜地去欣赏一座教堂的建筑，我静静地观察教堂里的五彩玻璃窗，我看它的穹顶，我摸它的柱子；但是我从来没有认真看寺，看庙，就像我从来没有"观察"过我的孩子的面貌一样。

这一次，是我第一次看庙。我用照相机拍摄庙景。现在我发现了，中国的寺庙都不简单。我站到远处去观察我由童年起从来就没抬头去看过一眼的庙顶。那些漆了金粉的木雕，那排列的层次，那富丽，那繁华，实在都不是一两分钟可以"读"完的。庙内的木雕穿顶，是雕花师傅一刀一刀雕成的，恐怕不止十万刀！在整体的表现上，中国的寺庙是缺少变化的，一座庙就可以代表一切庙。但是对那座庙所下的雕琢装扮的工夫，是非常惊人的。中国的寺庙，是千百件精致小品的集结。可惜的是整体的单调感，使人忽略了它的部分美。

中国的古典建筑，也许已经到了应该交到现代建筑师手里的时候了。我们需要使古典建筑走出死板的模子，大胆加以变化，然后那些童话似的精细美丽的木雕，才能发出它的光彩来。不只是庙，塔、亭、台也应该交给现代建筑师的灵感来处理了。

归途中，还特地去看一趟彰化大佛。我们看到那风景区俗气化了，我们都很失望。

归途中，身心舒畅地躺在"莒光号"的躺椅上，睡着了。梦里，我却很清醒地在那儿设计一座一座的新塔、新亭、新寺、新庙！

▶ 书里的秋天

喝完一杯热茶，吃过"四分之一"块的月饼，披上柔软的薄夹克，带着望远镜，站在院心里看了一会儿月亮，我回到屋里，像一个爬山队的向导回到山腰的小木屋，卸下身上所有的装备，告诉一家人说："秋天好像到了！"

一家人都笑了。

我知道一家人为什么笑：因为这里的秋天只是一个"日历名词"，是"四等分"厚厚一本日历的时候，对那第三个"四分之一"的叫法——等于九十一张纸。没有人相信我能用望远镜看到秋天。

我出生在古书上所说的"南国"的南边，比红豆更"南"。我虽然见过冰雪，不过那却是在童年，在国外。从少年期以后就一直过着"夏虫"的日子，吃着冰激凌——

不知有"冬"，无论"春""秋"。语感丰富的秋，我没法子在真实生活中找到印证。

我的秋天在书里。我知道有许多诗人、作家，为"秋"下了许多工夫，耗去许多心血。透过中国语言或文字，他们为"经验里的秋天"做最动人的表达。那些令人心醉的成功的表达，抬高了这个字的身价，"秋"。

我最敬佩的，读书写作最辛苦的，最懂得用真实语言写诗的诗人白居易，我的今年一千两百零一岁的"老"朋友，所写的《琵琶行》就充满了秋意。我最喜欢他的"水上琵琶声"这个出色的"词组"；最佩服他能用"珠子"跟"盘子"来写"声音"，告诉人，那声音，就像许许多多的大珠子、小珠子跌落在玉盘里一样——"大珠小珠落玉盘"。他运用"浔阳江的水"跟一个"月亮"，在一首诗里一口气画了三幅出色的"水月"图画："别时茫茫江浸月""唯见江心秋月白""绕船月明江水寒"！

诗人白居易是怎么"看"到秋天的呢？《琵琶行》的第二句："枫叶荻花秋瑟瑟"，回答了这个问题。模仿一段流行的写坏了的现代诗的写法，那就是：

而白居易

遂一视

江之滨……

火红于岸之枫

苍白自湄之荻

秋意，瑟瑟

瑟瑟兮秋意

于是

乃喟然：

秋至矣！

白居易所看到的秋天，是岸上红红的枫叶跟水边白茫茫的荻花。

杜甫的出色的《登高》诗，所画的"秋"是这样的："风急天高猿啸哀，渚清沙白鸟飞回；无边落木萧萧下，不尽长江滚滚来。"

我最喜欢"无边落木萧萧下，不尽长江滚滚来"的"节奏感"，虽然它并不是很有意味的佳句。我们至少可以看出来，在视觉方面，是"天高""无边落木"使杜甫知道秋来了；在听觉方面，"风急""落木萧萧"可以说是"听来的秋天"。"风急"又可以说是"触觉"的，那是一种"高速流动的空气"跟皮肤"摩擦出来的秋天"。

散文家欧阳修的《秋声赋》里的秋天，当然是听觉的。

不过，实际上那是一篇"对话录"形式的"秋的论文"。我虽然不喜欢这篇"赋"里散文中夹杂着许多"四拍子"的短语、短句那种俗气的"格律趣味"，我甚至把它当作庸俗的某种"调调儿"看待，但是这篇散文里有许多我喜爱的东西。

头一样是跟语言有关的。

欧阳修听到了"秋声"，就对那个"童子"说："此何声也？汝出视之！"意思是："这是什么声音？你出去看看！"使我发生兴趣的就是这句话。

既然说"这是什么声音"，下一句当然应该是"你出去听听"。可是我们"永远"说"你出去看看"，这大概是"出去看看这声音是什么东西发出来的"吧？我们人类的语言并不"太"讲"理"，讲的是"彼此懂得是怎么回事"就够了。严格地说，人类的语言都是"广义的暗示"。

我也很喜欢欧阳修在赋里对"秋声"的一个"形容"："又如赴敌之兵，衔枚疾走，不闻号令，但闻人马之行声。"虽然是用文言写的，但是它非常"散文"，有现代白话散文的"诚恳"跟"厚道"。

我最喜欢的是"赋"里那个童子，受命"出去看看"回来以后所说的话："星月皎洁，明河在天，四无人声，声在树间。"

那种"星月皎洁，明河在天，四无人声"的情景，是有一次我不让太太孩子知道，半夜里悄悄打开客厅门，走到院子去当"肉眼天文家"的难忘的经验。我忍不住要描写两句：

天上热闹极了，像一个还没散的晚会。蓝天像蓝色的山坡，百花齐放。银河像下泻的银沙，沾满了我这个"墨西哥人"围在身上的毯子。金星几乎"下降"到屋檐，到墙头，到窗下。月亮有"一百烛"的"亮度"。我所看到的"异象"，使我觉得自己像巫师。我有点儿胆怯，对难得的"眼福"竟有一种"不祥"的"不安"。人类太虚弱，面对庄严灿烂的宇宙有些害怕。我紧裹着墨西哥人的毯子"逃"回屋里。

我记得那也是秋天，也是欧阳修写《秋声赋》的那种季节。

古人的"秋天的诗"里，最有现代感的，是李白所写的《子夜秋歌》，因为他写的是大城市里的秋天："长安一片月，万户捣衣声。"除了秋天特别亮的月光，使他感觉到"秋来了"的，是城里响起的一片"有季节性"的操作家事的声音。

现在，夜里站在公寓房子的最高层，放眼看去，不论春夏秋冬，"长安"城里永远是一片"人工照明"。不论春夏秋冬，耳朵听到的永远是喇叭声、马达声，跟"万户"的"电视"声。

摩天楼不是枫叶，不会平日黄黄的，秋天忽然变成红红的；电线杆也不会到了秋天忽然开出荻花，白茫茫的一片；四季都在减价的商店，挂出红布条来并不一定代表"秋意"。

也许只有看日历了，日历告诉你"秋天"就是秋天。也许只有看课本了，课本"规定"了秋天。也许只有看医院了，挂号处的病历卡秋天里会忽然增多，诊断栏里写的都是感冒感冒。或者看水果摊上的柚子，或者看糕饼店的月饼，或者看报纸期刊。

还可以在上下班的时候，看看人行道上、天桥上、公共汽车上那种叫作秋装的服装是不是已经出来"走动"了。

既然看不到"自然界"里的秋天，就把眼光转到"人工界"吧，不过，最好还是看书，因为人类记忆中真正美丽的、永恒的秋天，都在书里。

▶ 旧书摊随笔

经过一场激烈地讨价还价所买来的东西，大半都不会是书。书是很雅的，书是不该讲价的。

童年陪一个同班同学到儿童书局去买一本书。在书的香气中，我的虔敬超过在教堂里。

"这本书多少钱？"我的同学拿起一本书，摇了摇。

"八块。"文雅的书店店员轻声说。

"那么贵！算七块五好了！"我的同学拿出买鱼的态度来，大声地说。

我满脸通红，悄悄从他背后溜出书店，站在闻不到书的香气的一家服装店门口，羞愧万分地等着他。站在友谊的观点来看，这是一种"不义"，可是我实在不敢看一个人买书讲价，不敢看一个店员怎样应付这种尴尬的场面，更不敢看那种无法描述的可怕的收场。

我的同学走过来了，手里摇着那本书，笑问我到哪里去了。

"买啦？"我问。

"买了！"他说。

"多，多少钱买的？"

"七块五！"

"你真的硬叫他七块五卖给你？"

"不是我硬叫他卖，是那个卖书的老板自己愿意的。"

"他怎么说？"

"他说我既然那么想要这本书，带多少就给多少好了。其实我应该给他七块钱。就这么薄薄几页，拿我七块五，真好意思！我要是懂得'讲价'就好了。"

虽然卖书也是一种买卖，虽然现代人根本就把卖书当作一种买卖来做，但是我一想到他们所卖的真正"东西"是什么，心里就有一种"不该讲价"的敬意。他们卖的是人类的智慧和知识，他们卖的是无价之宝。要智慧，要知识，只付出几块钱，根本不成敬意。买书最雅，怎么可以讲价！

我家离台北有名的旧书街只有四十二秒钟的路程。走出我家那条静巷，就到了路旁都是榕树的牯岭街。这一条街，很可能是台北市最短的街，但是爱书人走这条街，他的太太就要认为那是台北市最长的街了：半天走不出来。

街两旁的旧书店和旧书摊有三十几家。旧书队伍的末梢，还伸延到南昌街、宁波西街、厦门街。例如待我最亲切的一家旧书店就在南昌街，并不在牯岭街的"本街"上。每天上班、下班，我都要从旧书街走过，虽然迟到、晚归都已经成为定局了，我还是要匆匆穿过路边的斯文人群，紧挨书架，一掠而过，看看有什么"新的旧书"或"旧的新书"到来没有。那些书架、书箱、地摊，我都"读"熟了，所以要是有"新东西"来，我都能即刻发现。

有一次我跟一家专卖英文小说的书摊的年轻老板说："你今天怎么把那边那一箱挪到这边来啦？"

"错啦？"他很抱歉地说，即刻把这边这一箱挪到那边去，把那边那一箱挪到这边来。如果让他把箱子乱放，一天一个样儿，有没有"新东西"来我怎么能知道？

我在等一套书，一共三本，我已经发现第二本。根据过去的经验，一、三是会来的，只是时间问题罢了。不过过去的经验并不全是愉快的，有时候也非常惨痛。有一次我想搜集一套六本的书。从发现两本开始，等了一个多月，已经有了五本，而且是在同一家书摊上。我很高兴，只要再等一两个月，这一套书就能凑齐了。有一天下午，我又去看动静，很不幸那五本全部被人买走了。一切都得从头来起。我的灰心！我的颓丧！我的愤怒！

我像准备报仇似的，悲愤地向老板打听仇家的形相："告诉我，他是怎么样的一个人！"

我买旧书跟买新书一样不喜欢讲价。我的经验是越不讲价就买得越便宜。经过这一年多的观察（真快，我逛旧书摊上瘾已经有一年多了），我发觉有许多逛书摊的人心情都过分紧张，不知道是从哪里得来的不正确的坏情报，总以为旧书摊上的买卖是要钩心斗角的，因此都犯了"舞台惊恐症"。他们要"演"，可是又"演"得不自在。在他们的想象中，只要他们露出鄙夷的脸色，掉头走开，书摊的老板就会端着那部书在后头紧追："贵客，请留步！来吧，来吧，我认输了。按您的价钱，忍痛卖了！"

事实上，这种戏在旧书摊上是不存在的，虽然这种故事还继续有人编。

旧书摊的"成本计算"不是某本书收进多少，卖出多少，赚了多少，他们最大的成本是"时间"，世界上最贵的东西。几箱旧书，一把旧藤椅，从朝日照亮左颊一直守到夕阳照红了右颊，无限制地把"一斤一斤的"时间"投资"进去。他们的旧书是论斤买进的，但是他们的时间也一样是"论斤"付出去的。我们花几块钱买的全是无价的东西：智慧、知识，加上时间。另外还有赠品："现代"里的古代的悠闲。他们为我们"布置"这种悠闲。

在旧书摊上讲价是不雅的。你喜欢哪一本,你尽管放心流露真情。你的喜悦,会使变黄的书页发出黄金的光。这一点老板是领情的,因为你使他的旧书摊"生辉"。在不受压迫的情况下,没有人会忍痛掏钱买他所鄙夷的东西。这种"心理学"老板是"有的"。

"演戏"真是何苦来。美国儿童读物里,常有可爱的小孩走进商店,把口袋里所有的钱掏出来,指着他所心爱的一件东西,问和气的老板:"够不够?"

和气的老板用两个手指头在孩子的掌心里拿出两个小硬币,说:"太够了。剩下的收起来。现在,这东西是你的了。恭喜你!"

买旧书应该用这种态度。你得到你所喜爱的,让老板随意在你的掌心里取一点儿代价。"钩心斗角"的"经"不应该再念,因为那种神话事实上并不存在;而且,那会使买书成为有亏品德,有失潇洒君子风度的活动。抓起三五本你所心爱的,交给老板自己去自由估价,然后很客气地付了钱,那几本书就成为你的了。这不是很值得"恭喜"吗?

回家的时候,"以小人之心度君子之腹"地根据书背上的"铅笔定价"计算总数,常常发现每一本都少算了一两块钱。那就是"君子折""缘分扣"。彼此会心，情谊难忘。

买旧书是买剑、买琴、买鹤。买剑不能论几斤铁，买琴不能论几斤木头，买鹤也不能论几斤肉。在那些榕树下所进行的旧书买卖，使"人和书""书和人"的和谐关系达到顶点。人跟人的关系也都"不虚伪"起来了，美化了。

不要露出"厉害"样子走近旧书摊，那里有一种"古代"的悠闲，那里并不是古战场。

太太对我最近的流连旧书摊并没有闲话。在我迟归的日子里，她替我端出在锅里热着的饭菜，会心地、轻轻地问我："又去了？"我含笑点点头。

"先去洗洗手吧。"她说。这句话，也是我一直想告诉爱逛旧书摊的朋友的一句话。在我们沉迷于古代风雅的时候，不要忘了保持现代人杰出的对于卫生方面的警惕。

▶ 另外一种游历

游历使人尝到空间变幻的趣味，可以说是一种"动物"的趣味。如果没有合适的机会，不能尝试那种趣味，那么，还有另外一种游历，也值得试试。那就是在固定不变的空间，亲历时间变幻的趣味。这种趣味，该说是"植物"的趣味了。

现代人都是生活极有规律的动物，每天在固定的时间出门，固定的时间回家，固定的时间吃饭，固定的时间睡觉，固定的时间大便……因此，他所知道的自己的家，也只是固定的某段时间内的家。在那个时间以外的，恐怕他所知道的并不多。说是知道，也只是一种粗略的臆测，未必真是亲身经历的吧。

我对于每天上午十点到十二点这段时间的家，素来怀着很大的好奇心，想亲历它的情趣，苦等三年，没有机会。一直到去年的"有一天"，因为感冒很厉害，就断然地请了半天假，才算是达成夙愿。虽然肉体的痛苦很难熬，但是那次"时间的游历"使我难忘。

那也是个夏天，太阳把门外的柏油路面烤得"油润油润"的，发出一种扎眼的光。四周安静得什么声音都听得见。我真听到了几声母鸡下蛋以后报告"婴儿"诞生的叫声，在大城里这是很难得的。我还听到几声搓衣声，倒水声。人海也有潮汐，住宅区的人潮在那个时刻正涌到工厂、商店、学校、办公大楼。住宅区正处在安静的退潮时刻。没有大马达声在你的脑子里擂鼓，没有邻居那些小龙小虎在你的鼓膜上刮玻璃，只有两三条街外一声两声清脆的汽车喇叭。

头一次听到从来不说话的邻居主妇说话。那是一个故事，显然是对她那个四岁的儿子说的："从前……"大概风向变了，或者小孩子跑开了，她的故事没有讲完，小孩子始终没出声。

"不可以！"又听到她的声音。大概是小孩子去玩儿自来水了。

还有这一边的邻家，也像空房子那么静。要不是那一阵电话铃，还以为都上市场去了。铃声响，有人去接，是主妇的声音："中午又不回来吃饭了？你好好听着，玲玲跟你说话。"接着是那梳着两条小辫子，每天晚上在门口玩到八点半的玲玲的声音："爸爸，爸爸，爸爸。"接着又是主妇的声音："安心做事吧，晚上早点儿回来。"

我自己的主妇在那个时刻，也正在办公室里安心工作，因为家里有我带着老三。像我这样细心的"奶公"，她实在应该放心。因为我断然地请了半天假，阿钏就也向主妇请了假："反正家里有先生一个人就够了。"她说。在她的观念里，养养病，顺便带孩子，是一种理想的安排。

老三在小床上睡觉，脸上一片安宁，带着一种不知有"以埃冲突"更无论"越战"的笑容。我去看了她一下，把遮住她眼角的一绺头发拿开。她眼皮动了动，但是没醒，小嘴儿空嘬两下。

我回到客厅，隔着纱门看一看小院子。仲夏近午的小院子，烤得白热白热的。靠墙的那一小片草地，像是锅里的蒜苗。我喜欢的一小丛竹子，瘦得潇洒，带着一种夏天不出汗的秀气，在墙角静立。两棵畸形生长的圣诞红，怪里怪气地挨着墙喘息。

有一道光柱射进客厅。这一道光，正好射在茶几上。茶几上有一小盆万年青，万年青旁边是烟灰缸。我发现这三样东西在光柱里有一种韵致。为了找这种韵致，我走进

书房，又发现那些乱七八糟的厚书薄书在仲夏上午十一点
多的时候有一种韵致。我到了自己的卧室，又发现窗帘和
衣橱也有一种平日没留心的"家"的意味。再到厨房，阳
光似乎把锅铲都擦亮了，使我想起童年搭法国邮轮所看到
的发亮的船上厨房。

后院里几竹竿衣服，晾在白热阳光下，件件带着它主人的神气。一个外人看到一竹竿衣服，不过就是一竹竿衣服；但是一个家里人看起来，那是一家人另外一种形式的团聚。主妇在办公室里，老大、老二在学校里，这是一家人"散"的时刻。可是人不那么容易真"散"，这几竹竿衣服留下了永恒的"聚"。还有那窗帘和衣橱，还有那盆万年青和烟灰缸，还有我喜欢的那一小丛竹子，还有那发亮的厨房，都留下了"聚"的形迹、"聚"的芬芳。

客厅里的光柱略有移动。我在相同的空间里经历了时间的变幻。我进行了一次时间的游历。那种新鲜的感觉，跟经历一次景色的变幻近似。是不是也可以这么说，这次两个小时的游历，使我的生命更新，使我更能体会到家的意味？

十二点差一分，老三醒了。她的哭声把我带回我所熟悉的世界。十二点五分，阿钏假满回来烧饭了，十二点一刻，主妇也回家了。二十分，上半天课的老二也到了。熟悉的人，熟悉的事，熟悉的世界，又要重演。大家都知道我这一早晨没离开过客厅，但是没有人知道我进行过一次游历。我刚从一个陌生的时间回来，我想说的话正多。

卷三

书河岸上

▶ 它（一）

　　它到家里来的时候只有四十天大，是一只软软肥肥的可爱的小狗。到现在它还是并不大，到"人间"来也不过六十多天罢了。可是它已经在樱樱、琪琪和玮玮的嘴上成为一个"人物"，给孩子带来一种"接触另外一类生命"的惊喜。

　　它，卖得很便宜，只值两张《乱世佳人》电影票价。它，是"男"的。刚进家门的时候就"忍不住"地拉了一泡屎在磨石子的走廊上，不到五分钟又很自然地撒了一泡尿。它，可怜的还在"包尿布"年龄的刚满月的狗，在相当冷酷的狗世界里，奶也不给喂了，根本不给尿布，要它过独立生活。在温暖的人的世界里，它真像身世凄凉的孤儿。我和妻，刚带大了三个婴儿，想到它的遭遇就心酸想哭。这种多情虽然很有童话色彩，但是寒夜我们在电炉边谈话，互相印证一想起它就身心冰凉的感觉是确实存在的。孩子在欢迎它进门的时候，还讨论道：如果爸爸嫌它这样，我们应该怎么样；如果爸爸嫌它那样，我们应该怎么样。总之，"冲突"还没发生，孩子已经在商量对策，已经认定这不懂卫生的新分子不出三天就会成为我的敌人，而且是较弱的那一方。孩子在心理上已经在地上画了一道线，而且全体都站到它那一边去了。妻的态度也很明显，从她的话里就听得出来："这是我给孩子们买的。它还小，当然有时候不大懂事。"很奇怪，为什么人人都相信我只知道爱"人"如己？是不是我的个性透露出消息：我只配参加草拟《人权宣言》《儿童权利宣言》，根本不配参加草拟《爱护动物协议》？

它那可爱的两寸半长的小尾巴，在它一进门的时候就获得全家的欢心，包括我在内。像什么呢？像摆在钢琴上的节拍器，摇个不停。"狗心理学家"都知道狗尾巴是重要的观察对象。尾巴是狗表情达意的工具。连三岁的小玮也对那一根"会动的尾巴"产生很浓厚的兴趣，伸出小手捏一捏，想知道那是什么造成的，想知道机器装在哪一头儿。她即刻发现从"机械论"的观点琢磨不出什么道理来，很快地放弃了。那一根动人的小尾巴会"说话"，比现代语言还能打动人心，文言文更无法相比。小玮为"它"着了迷。

"爸爸，它现在喜欢我了！"她说。"爸爸，它现在不喜欢我了！"她说。

"爸爸，它刚刚不喜欢我，现在又喜欢我了！"她观察了小尾巴。

她蹲在地上，只见尾巴不见狗。"那一根尾巴是我的！"她说。她从相反的视点看狗。她喜欢那根尾巴，因此也爱"属于那根尾巴"的狗。精妙的，神奇的，童话的狗尾巴呀！

"起名儿"是人类心智活动最基本、最重要的一环。孩子要我给它命名。孩子恐怕是受了社会上"粗俗的新派"思想的影响：凡是狗都应该有外国名字。但是我的纯洁的孩子不是虚荣心作祟，她们从小就习惯于以"类型"区别人，不习惯于以高低看人。孩子私下谈话，嘴里的"那个很不喜欢别人的人"，"那个装得很神气的人"，"那个每次都看见他在骂人的人"，我都知道指的是哪一种人，我都知道孩子唐突了谁。可是有什么办法，我年龄越大，越跟孩子有同感。我跟孩子一样，喜欢喜欢小孩儿的人，无论穷富，无论高低。谦逊的人重视自己也承认别人的存在价值，所以总是理性的、可爱的。

有外国名字的狗，表示它受宠。对了，是这一点，所以孩子要我给狗起一个外国名字。孩子要宠狗。我在新出版的《读者文摘百科字典》的《名字篇》里找了半天，没有合意的。

它，就是这只没有名字的狗，在进门的第二天，为了我们怕它走失，就被小狗链拴了起来。狗链有 4 尺长，它的活动范围依读六年级的小樱计算，是 50.24 平方尺的面积。链子的另一头儿，拴在两大块砌墙的红砖上。可是它不满意这个比一坪大不了多少的"小空间"，夜里竟然拉着两块红砖在院子里走了好几尺远。它是"小大力士"，因此外国名字就取定了希腊神话里的"赫邱里斯"。

赫邱里斯很快地就知道自己是赫邱里斯，因为三个孩子每天不知道要喊它多少次。小玮说："我喊赫邱里斯，赫邱里斯就会跟我摇尾巴。爸爸你看——赫邱里斯！"果然尾巴摇动起来了，好像充了电，摇得快极了。

赫邱里斯实在太小了，所以它的嗓音还是一种稚嫩的童音：嗷嗷嗷！虽然是这样，虽然它还没有能力执行勤务，可是家里有一点儿动静，或是有好朋友来访，它总要"煞有介事"地"嗷"几十声，表示"这里有我在"，甚至是表示"不许伤害我主人"。我们宠狗，我们也受宠了。从赫邱里斯，我们体会到人的尊贵。

在养小狗以前，老是当心狗的牙齿，甚至见了七寸大的狗都怕。"会不会咬人？""不要紧，它不咬人。"从前听惯，也"参加"过的访客和主人之间关于狗的简短对话，现在也在家里出现了。电料行修理电器的店员，进门第一句话不是从前的："哪里坏了？"改成："它会不会咬人？""不要紧，它不咬人。"其实我心里想说的却是："赫邱里斯现在才几寸大，它怎么会咬人？"

现在，人生走入了新境界，对狗心理有了一点儿新的了解，总觉得赫邱里斯是自己"人"，是家里的"人"，认为它会咬人是不应该的。

动物真是多情的生物啊！我家有鸟有狗。小琪替两岁大的一只文鸟治过消化不良症，小玮抱狗像抱枕头，孩子跟小动物生活在同一个世界里。"爸爸，赫邱里斯它说……"小玮跟它也已经开始"会话"起来了。

▶ 巷子

巷子是连接两条大马路的"运河",住惯巷子的人,会觉得自己像是"威尼斯"运河上的一只"轻舟"。虽然我所珍惜的"静巷生活的美趣",差不多快被"人口巨人"的大积木破坏得干干净净。

在我刚住到这里来的时候,整条巷子没有一栋楼房——人口巨人还没选中这个地方堆积他的积木。巷子两边的人家,窗外都有自己的青天跟白云。

每天早上,我们所看到的太阳都是由山的那一边升起的,都有"熟透了的苹果"的颜色。走出大门,站在巷子里,我们可以看到地上所印的,自己的"一天里最长的影子"。

每天黄昏,那就要离开的太阳,像一盏很大很大的红灯,挂在远远的一棵老榕树的枝头。我站在巷子当中,可

以看到一万里外，像一个大丈夫独立在旷野，壮志汹涌，像满天飞舞的晚霞；一股凄凉辛酸意，袭上心头，像四方裹拢来的暮色。

自古以来的大丈夫，为了孤独对抗消沉跟庸俗，生涯中难免充满凄凉滋味，暮色里的荒野景色，竟成为对他的抚慰！

　　那时候，这巷子里家家有树，而且最少都有一棵美丽的老树。我们根本用不着门牌，我们的门牌都"种"在自己的园子里："大棕榈树那一家"，"梧桐树那一家"，"樟脑树那一家"，"有樱花的那一家"，"墙上有爬山虎的那一家"……树就是我们的门牌。我在巷子里散步，走得很慢，一边走一边在心里"画"那些树。有些树，枝干实在真美，有些树的叶子使人陶醉。

　　巷子里的花也很多，最可爱的是"并不恰好在圣诞节开花"的出墙的圣诞红，一枝枝地露出墙头，像一枝枝红纸做的风车。门亭上的平台，都有整排的花盆，花盆里都住着一个绿色的小矮人。开花的日子，每一个绿色的小矮人都举起了一把颜色旗。那些五颜六色的小旗子，有的黄极了，有的白极了，有的紫极了，有的粉红极了——全体都美极了！

　　有花的地方就有蝴蝶，蝴蝶是这条巷子常见的过客；有树的地方就有鸟，鸟喜欢在这条巷子里调琴弦，在大清早的时候，或者是"啾啾"，或者是"叽叽喳喳"，大家听起来就像听"刚才钟响，是早晨六点整"那么自然、亲切。

　　有几户人家，还养了几只对时间有最敏锐的感觉的"大公鸟"，每次早上放声高歌，把农村生活的气息，带给巷子两边用薪水袋养家的白领人。

巷子里经常是静悄悄的。偶然有抄近路的出租车从巷子溜过，大家看它就像看到一只闯进客厅直奔后门的大野猫，又气，又惊——难免"又新鲜"。

一年里难免会有那么一次，两次，遇到大卡车利用这条巷子倒车。马达的声音震动了窗上的玻璃。整条巷子里的狗都很负责地出来大声喝止，狂叫不停。家家大门开了，大人抱着小孩跑出来看"地震"。大卡车就像一万吨的邮轮驶进了船坞，像直升机停落在院子，制造了最大的骚动，那司机几乎被看成英雄。

卖水果的小推车，卖炸臭豆腐干的小担子，一个在上午，一个在傍晚，都很守时地到巷子里来"提供服务"。

卖水果的一来，坐在自己的客厅里，就可以听到他那"自卖自夸"的对主妇的谈话。在找钱的时候，还可以很清楚地听到"现在市面上所短缺的一元硬币"的"钱声"。

卖炸臭豆腐干的一到，那臭豆腐干"下油锅"的声音，噼里啪啦，好像就在耳边。

这两种声音常使我联想到一个古老的故事：

　　一个守财奴下了地狱，被押到阎王爷跟前受审判。在森罗殿的两边站班的牛头马面，摇动手中钢叉助威。守财奴听到在阳间最熟悉的"令人动心的声音"，高兴得大叫："钱儿响啦！钱儿响啦！"气得阎王爷要把他拿去下油锅……

每天上班,在没有走进"飞车交织成的火网"里去以前,总有一段短短的路程是可以安心散步的。这一段路程像水面平静的运河,它是没有"流速"的水路,使人觉得身心都像威尼斯的轻舟"贡多拉",可以慢慢地摇,慢慢地荡,像意大利观光小册子里边所形容的:寂静无声地"行驶"。这种身心舒泰的状态,只要人一走到巷子口,就要完全消失了。那时候,肌肉会紧张起来,全神贯注,准备做"过街的老鼠"。

每天下班,"老鼠"过了街以后,一走进巷子口,就又会忽然觉得身心舒泰起来,像是捕鲸船开进了避风港。呼的一声,汽车像一支箭射过来;呼的一声,汽车像一支箭射过去——那种使人心惊肉跳的场面,全都远远地在你背后了。面前是一条清静的巷子,一条专让"贡多拉"行驶的没有流速的安全水道。

许多年过去了。我逐渐注意到"人口巨人"已经改变了这条巷子的"景观"。

最初,是这条巷子的"平原"景象的消失。"人口巨人"把他那一块一块的大积木堆在这条巷子外面的大马路两边。这些大积木遮挡了远处的"青青山脉",形成了自己新的"立体几何"山。这条巷子成为"几何山"山谷。每天早上看到的朝阳,不再是从山背后升起,也不再是熟透了的苹果的颜色。太阳只从大楼的楼顶升起,而且一露面就像一面金锣。

早晨在巷子里散步,再也看不到自己"一天里最长的影子",因为清晨巷子的地上,布满大楼的阴影。

"人口巨人"的积木越来越多,大马路两边不够摆,慢慢地就堆积到巷子两边来了。巷子里不但失去了"平原"景象,连后来的"山谷"景象也失去了。新出现的景象,是"井"的景象。除非是"日正当中",巷子里全是大楼的阴影,往日那一条金带子,现在成了黑带子。

大楼不仅仅夺走了巷子的阳光,还夺走了花跟树。代替从前那些花树的,是电视机的天线。那一朵一朵的天线,成为大楼楼顶上的花儿。

每天下午下班的时间一到,摩托车像大马蜂,巷子成了大马蜂窝。

蝴蝶已经"灭种",因为电视机的天线上并没有花汁儿。

我对当年这条静巷的回忆,自己读起来已经觉得有点儿像一篇《桃花源记》。

▶ 百合

　　我一直没法子解释，为什么读到郑板桥的"砍松枝带雪"的句子，就会那么着迷。直到有一天，我纯粹由颜色的观点来分析这个句子，才找到了真正的原因是那"白"跟"绿"的对比。绿叶白花的百合，是亚热带的"松枝带雪"；虽然不是松，不是雪，但是"绿"在，"白"也在。

　　没有一个画家能"调"出白颜色来，他只能拿白铅做颜料，那是"大自然"为自己准备的白色之一。

　　白色是最美丽的颜色。一般人因为联想到绘画，所以认为一张白纸或一块白画布在没有着色以前是"没有颜色"的。其实只有"透明"状态才是真正的"没有颜色"；但是谁能随时清醒地"看"到透明？一张白纸，就是一张"颜色纸"，而且是最美的颜色纸。

　　我在大自然里看到白云,觉得那真是"最强烈"的颜色。什么时候蓝天里出现一朵"失群"的白云,我的视线也就失去了自由。我只有追随它,像小孩子追随一个风筝。

　　我是七岁以后才成为"亚热带人"的。七岁以前,至少在我一生的第六个冬天,我"看"到了美丽的雪。第五、第四、第三、第二、第一个冬天,我想不起来了——在那样小的时候,记忆的"底片"总是感光不良的。

　　那年冬天的一个早晨,我推开二楼的窗户,看到邻家的花园"白"极了。房顶是白的,地上是白的,小桥是白的,几棵小树也都"白"得弯了腰。我第一次注意到"白"真是美丽的颜色。

　　几年以后,有一次,在航行在南海的轮船甲板上,看了三天的海。第四天早上,船离陆地近了,旅客都涌到甲板上去,等着迎接就要出现在眼前的港口风光——那是每一个海边城市最美丽的一部分。就在陆地刚刚"以线状出现"的时候,我忽然看到一条帆船,那船帆是白的。

　　船离岸越来越近,灰色的线状的陆地,慢慢加厚,变成一片绿色海岸。那一张白帆的背景,是一片绿色草原。这是我生平所看到的一朵最大的百合花——绿跟白。

　　白马在草原上低头吃草,是一朵百合花;白兔在小草坪上走动,是一朵百合花;白鹅在绿池塘里游水,是一朵百合花。我发现绿跟白是最自然的对比，最美的对比。

长白山跟鸭绿江——那山顶不融的雪帽跟绿色的江水，放在一起想是非常迷人的。美国新英格兰地方的居民，把境内的"阿巴拉契亚"山脉叫作"绿白山"，也是很动人的。

心理学家相信颜色跟性格之间，有某种程度的关系存在。我认为这是有相当道理的。因为人类敏锐的感官，既然能"感受"形状，当然也能"感受"颜色。一个人既然能区分丑陋的形状跟优美的形状，当然也就能区分"令人愉快的颜色"跟"使人不舒服的颜色"了。

人因为环境、教育、遭遇，甚至遗传因子的不同，就有了个体的"美学差异"。因此，我们要是说"人人有自己的美学"，这句话不能算错。

当然，我们也不应该忽略了美学观念的共通性。人类全体，总有一个粗枝大叶的"共同的美学观念"。一个民族的内部，因为生活方式、生存空间、思想习惯的相同，也会有共同的民族美学。

不过，美学的个体差异到底是存在的。这一点，也表现在对颜色的喜恶上。

如果我们有精密的仪器，能利用电阻变化来观察各种不同的颜色对人所引起的情绪波动，那么，我们就可以对事情的真相知道得更多。

我所以要这么说，只是想说明一件事实：任何人——除非他是在"注书"——所有对颜色的议论，性质跟"写自白书"完全一样。读者不要因为看了我的议论，就认为各种颜色都有自己的"性格"——有"性格"的是那个议论颜色的人。

白色代表纯真。它在一切颜色前面来去自由，不受沾染。它是反射一切颜色的——如果它吸收一切颜色，它就变成黑的了。

只要是有颜色的，它就不是白的了。所以白色也代表纯洁。战场上看到的白旗，是表示："住手！我有话说。"所以白色也代表诚意。

对我来说，白色是"没有偏见"的象征，它代表良心的自由。因此，我每次看到美丽的白颜色，所得到的启示不是"孤高"的"封闭情操"，却是"善意"的"开放胸怀"。

医师跟护士的白色制服，是"助人"的象征；厨子的白色制服，是"款待"的象征；理发师的白色罩衫，是"服务"的象征；新娘的白色礼服，是"为家庭的幸福尽心"的象征。

一朵白色的花儿，是"美德"的象征。

我一向认为对白颜色的最佳衬托是"绿"。我对绿的喜爱，来源于对植物的联想。

绿的颜色使我想到草，想到树，想到生长，想到那一片生机。我这个"植物性的哲学家"，重视人生的奋斗，重视对环境的征服。不过，很显然地，我所说的人生的奋斗，我所说的对环境的征服，跟"动物性的哲学家"是不相同的。我所说的人生的奋斗，并不是打架。我所说的对环境的征服，并不是把周围的人都打倒。

在狂风暴雨中苦撑，一心等待风停雨住还要往上生长的那种意志，是我的辞典里对"奋斗"的批注。由大石头底下钻出土来的绿绿的小草，是我对"征服环境"所做的插画。

我的奋斗跟我的征服，是不伤害任何人的。不但不伤害任何人，而且还能跟任何人交换经验、互相勉励、互相帮助。

以善意待人，以"生长不息"自勉；人虽然处在狂风暴雨中，心里却没有狂风暴雨。

百合花的"白"和"绿"，抚慰了我的灵魂。这就是为什么我那么喜欢茉莉花的缘故。

▶ 旧睡袍

　　在我有这一件大富大贵的"国王的新衣"以前，我本来还有一件颜色暗淡、属于美国救济物资的老睡袍。

　　"国王的新衣"是一位好朋友送给我的礼物，意思是要让我在深夜不睡"当玩书弄笔的猫头鹰"的时候，能有一张像样的御寒的皮。

　　这种"晚上的长衣"，对一个外国男人来说，是"夜里已经不打算再会客的时候"穿的。吃过晚餐以后，卸了"盛装"，把那些宝贝西服挂好，换了拖鞋，披上这一件舒适的睡袍，拿着一本"居家必备"的杂志，坐在"家长的沙发"里，拧开身边"金鸡独立"的"美术灯"，呵欠连连地，睡眼蒙眬地，翻它几页，看一看插图，不久，睡意就上来了。他向屋里其他灯亮的地方含含糊糊地说了一声："晚安，珍！"像爬山那样吃力地登楼去睡了。

或者是早晨起床以后，他为了怕感冒，就穿这样一件袍子进浴室去进行"个体清洁"工作，也很舒适方便。

除了晨昏，只有一种特殊情况，使他不得不再穿它一次。那就是夜半有人来敲门报告发财消息，匆忙间来不及打扮，当然只有披"袍"下床，开门去迎接。在那种情况下，主客双方，兴奋激动，发财已经成为"定局"，谁还管那些碍手碍脚的礼貌规矩。"睡袍人"和"盛装人"碰杯庆贺，"礼俗"早成为财神爷的卑微仆人了。如果太太闻声下楼，她也不会穿比睡袍更"正式"的衣服。

人遇到大喜事的时候，慌张失礼，更可以增加"气氛"，长留甜美的回忆。安老爷五十岁才中进士，半夜接到喜报，因为没有这种睡袍，只好披着长袍出来，连扣子都没扣。安夫人听到消息，匆忙出房，头发散乱。在《儿女英雄传》的时代，料想安公子冲进大厅的时候，也不会怎么整齐。要是汤若望、南怀仁早输入西洋的睡袍，安家半夜接喜报就方便多了。

对我这个中国男人来说，睡袍只是在家里穿着玩儿的衣服。英文字典里对这种"睡袍"的解释是："一个人在卸装和闲散时候穿的东西。"当然这只是一种"多少有点儿帮助的提示"，这是字典的"基本性质"。编字典的人跟查字典的人，就靠着这种"多少有点儿帮助的提示"彼此会意。如果我们真那么天真地希望字典把每一个"词"都解释得毫无漏洞，那么最少每"词"得有三千字，而且还要附实物一盒。

它这个谈到"卸装和闲散"的解释，跟我用"睡袍"的方式一模一样。不过我穿睡袍，有时候等于埋下一颗"紧张"的"不定时炸弹"。什么时候客人来了，我第一件事是赶紧冲进卧室，脱下睡袍，然后才敢迎接贵客。外国男人的睡袍是消除紧张穿的，我的睡袍是增加紧张穿的。

我认为穿睡袍见长辈，等于向长辈示威："我现在已经跟您'平辈'了。"穿睡袍见平辈，等于向平辈宣告："我现在已经是你的长辈了。"穿睡袍见晚辈，等于对晚辈抱怨："现在什么时刻了，你还来打搅我？"

我猜想，纯粹地猜想，外国长辈在不适当的时刻去看外国晚辈，进门大概会先表示歉意，说一声"骚利（sorry的音译）"。他们大概承认一种"晚辈的尊严"，因此失礼的反倒是"不穿睡袍的客人"了。

中国人是恋慕"人生的智慧"的，把长辈看作"智慧的灯"，看作"年轮很多的神木"。对中国人来说，每一位长辈就是一位孔子，一位老子，一位庄子。因此中国人拥护一种"长辈的尊严"。

中国的聪明的年轻人敬爱长辈，因为这是对自己有利的。这等于给自己铺路，使自己的人生的道路，有一种级级高升的趋势，境界越来越高，前途充满光明。多度过一岁，多自在一分。

我承认这个世界是属于年轻人的，但是这些年轻人里的"聪明的中国的年轻人"，竟聪明到把这世界安排成"永远属于他们的"。他们懂得追求年轻的所罗门王所追求的——智慧。

长江后浪推前浪，但是不推倒长江。新观念代替了旧观念，但是不包括"长辈观念"。"当长辈"是中国人永恒的"福利"，谁都不愿放弃。叫中国年轻人"不敬爱长辈"，等于叫莎士比亚笔下的夏洛克降低利息——那是不可能的。

美国纽约中央公园长椅上坐着晒太阳的寂寞孤单的"当年的年轻人"，只有向飞来陪他的白鸽倾诉对于一个"没法儿更改"的社会传统的埋怨。传统的力量是很大很大的，他们没法儿改变传统。

另一方面，在不大整洁（这是事实）的唐人街里，安坐在住宅中"享受"晚辈的尊敬的白发智者，都是当年年轻的所罗门王。有人端茶，有人添饭，有人奉上热热的毛巾，多舒服！这都是"当我年轻的时候"预作安排的，秘诀是"敬爱长辈"四个字。大家顺着大路走。

在中国社会里要找不敬爱长辈的愚蠢的年轻人很难的。如果要找,只有到"家门不幸"里去找。我们的社会,不可能全体"家门不幸"。

这些想法,都是由睡袍引起的。就因为睡袍具有"不能见长辈"性,所以我穿睡袍的时间只好选在更深人静以后。那时候,我工作,精力充沛,睡袍成为我的"不睡之袍"。一家人都在梦中,我穿着"国王的新衣"给谁看?这不就等于"自己穿着玩儿"了吗?

这件"国王的新衣",黑底儿,绣满金黄色的"团龙儿",大红领,绲金边(当然不会是真金),穿起来照镜子,真像未发胖的亨利八世。不过亨利八世是不写稿的,也用不着亲手去翻厚厚的字典,所以他穿着有点儿"发硬"的王袍,用现代的"英文华语"的表达法:并不"太"难受。

我常常是只穿一会儿,行完了"对我的好朋友表明真诚谢意"的"仪式",马上就脱了下来,换上那件颜色黯淡的"属于美国救济物资"的破睡袍。这件睡袍只花一二十块钱,是在同事当年凭票买回来的一包"救济衣"里挑选出来的。

这件孩子们所说的"叫花子的麻布袋",又轻、又软、又旧(指一种美质说的)。穿着它,不觉得自己是衣服架子,只觉得人跟衣服融化成一体。它的颜色配上我脸上的肤色，照在镜子里一定很难看。但是它给人的一种内心的感觉是轻松、熨帖，好像跟没有自卑感的好朋友交往，好像跟没有自炫狂的好朋友交往，好像自己跟自己交往。只有"旧友"才能达到这种境界，所以我说"旧"是一种美质。

把新酒变成陈年老酒需要时间和耐性。但是把"新友"变成"旧友"，时间和耐性全都没有用，它所需要的是一种"非理性"的相互的引力——缘！

▶ 坐火车

我像一棵树，我简直就是一棵树——我是不旅行的生物。

德国哲学家康德，一生没离开过他的哥尼斯堡，是有名的"从来不旅行"的人。他出生在"哥尼斯堡"，在"哥尼斯堡"求学，在"哥尼斯堡大学"教书，在"哥尼斯堡"沉思，然后，回到"哥尼斯堡"的地底下去。他是"哥尼斯堡"的一棵"沉思的树"。

一年，两年，两年来我几乎没离开过我的台北一步——只有一次，我走过一道桥，到新店溪对岸的永和镇去看一个朋友，那算是我走出台北最远的一次了。尽管是这样，尽管我总算到"外县"去旅行了一趟，我还是不如康德。

康德每天都可以享受一次他那有名的"散步"，走进静静的乡间，用缓慢自在的脚步，"发动"他肩膀上那部"思想的机器"。他"深入"乡间。他的思维也深入了他那"纯粹理性评判"的核心。他的著名的哲学著作，是他散步十万里的产物。他像巨人那样孤独，但是日子仍然过得像凡人那样充实。孤独而充实，多了不起！

我连这个"散步"也没有。我只能在上班的时候，假想我是在散步，但是我的急促、不自在的脚步，并不能发动我的"思想的机器"。我在人行道上走着就像在河岸上走着，身边就是滔滔滚滚的"车流"。横越马路的时候，我小心得像过街的老鼠，机警得像身上有"雷达"的蝙蝠。我连"二加二是多少"都不敢演算，怎么还敢思想？

很"不幸"的是我的家又离办公室那么近，星期六下午马路上汽车最少的时刻，街上那宁静的气氛使我不知不觉地打开了"思想的机器"。可惜的是思想的"华丽的序曲"刚刚开始演奏不久，我已经又不知不觉地掏出我的钥匙低头去找锁眼——我到家啦。

康德是不旅行的，但是他散步。散步是在熟悉的老环境里"旅行"，用"旅行"的心情重新体会熟悉的老环境的美趣。我既不旅行，也不散步，所以我很容易成为"厌倦"的俘虏。

我每天上下班一定要经过的一条"快捷方式"巷子里

的一家小杂货店。我每次从店门外经过，老板娘一定要回头去看看墙上的挂钟。她已经拿我来"对时"了。

樱樱报名参加暑期青年活动。这活动是要在台中报到的，她这个从来没自己出过远门的台北人，要我送她一送。我对这一段一百七十五公里的铁路旅行有很浓厚的兴趣。办公室铝窗外那一座两层楼的医院建筑已经看了两年，我应该看另外一种窗，那窗外有青山，有农田，有河流，有铁桥，有小镇，有公路。我喜欢火车上那种"窗下"生活：一杯茶，一份报，一张软软的坐卧两用沙发；睡一程，醒一程，睡一站，醒一站。

我喜欢听"各位旅客，苗栗到了，苗栗到了！"的懒洋洋的"到站报告"。

我也很喜欢过山洞：车窗玻璃忽然变成黑色，车厢里灯火辉煌，一阵震耳欲聋的闹声过后，眼前一亮，火车又"走"进了白天。

我答应送樱樱到台中去以后，知道这消息的玮玮也开始进行她自己的活动。

玮玮是家里的"小康德"，"旅行"最少，对火车的憧憬最浓。她在成都路见过几次使"所有的汽车都停下来让路"的火车。她也知道火车里"坐"的都是人，就是没机会使自己也成为"火车里的人"。

　　她经常抱怨："我从来没坐过火车！"所以妈妈特地在一个星期日的下午，陪她从台北火车站搭火车"旅行"到圆山。她回来很兴奋地报告"旅途"印象："我看到路边有几只真正的小鸡儿！"

　　父母亲都是被人用来"对时"的人物，星期日当然只有更勤奋，不会有什么好"节目"，玮玮这个暑假就只好"闭门读书"了。她啃过注音本的《五百顶帽子》《小猪与蜘蛛》，现在正在"进行"一本张伯母写的《孝心桥》。这个突然来的"旅行消息"她当然不肯放过。

　　她请求过樱樱，请求过妈妈，都没有结果。这个从来不肯低声下气的人，竟很令人感动地跟我说："让我去，好不好？"

　　"好！"

　　因为有两年没到过火车站，我特地到那儿去买了一本"旅客列车时刻表"，然后参观了"整个车站的设备"，跟"所有的窗口"交换了一两句话，细读了所有的指示牌跟所有的"规则"，连旅客留言黑板上的"小母鸡，下午一时在此会面"也都读了。不到一刻钟，我对这个大城市里"表格最多的建筑物的内部"就有了一个大概的了解。我这个资格最老的台北人，其实是很"乡下佬"的。

　　托好朋友买好了车票，第二天早上，就带着樱樱、玮玮到车站去搭车，这一回我对车站的熟悉，足够给车站里任何一个旅客当"导游"。都市生活越来越复杂，也许不久的将来，车站都要附设"旅客讲习班"。出外旅行的人都得在前一天参加一小时的讲习，才有起码的能力"运用"我们的公共设施。不然的话，就得学我：研究过战场再作战。

樱樱是老乘客，火车里的一切设施她都懂得利用。玮玮是生手，车厢里的气氛使她兴奋。她达到她的愿望，真正地成为长程火车的乘客。不久，她就迷上了车窗，鼻尖顶着窗玻璃，一幅不漏地阅读窗上的"地理插图"。

车子到了台中，玮玮不得不相信除了台北，还有别的"台北"，这是她亲身的经历。别的"台北"，就叫"台中"。

我们先送樱樱到教师会馆去报到，去跟台南来的同学会合，然后再送她到楼上的女生宿舍。

我先下楼，让玮玮留在楼上练习跟樱樱告别。她下楼来的时候，表情非常愤慨。"告别"没成功，因为樱樱只顾跟"自己的同学"说话，"跟她说再见都不理人"。我安慰她，鼓励她再去一次。

第二次她下楼来，表情很愉快，"告别"成功了："我跟她说再见，她也跟我说再见，'她自己的同学'也跟我说再见。不管她们了，我们走吧！"

现在成为我跟玮玮两个人的"旅行"了。

　　我带她到台中公园去走走，去看人划船。

　　"划不划？"我问她。

　　"好吧。"她说。但是她很细心，要上船的时候，她退后一步："你先划一圈让我看看，我再上船。"

　　我向她说明我是从小就会划船的，而且人工湖根本就不深，她才放心上船。船走动起来。她笑了。

　　我们是搭夜班车回来的，我也替她买了一个半票座位。她一上车，就舒舒服服地睡着了。

　　我手里拿着晚报，看着车窗外一个城，一个镇，一个村，向车后飞去。我心里所想的，不只是一个实现了坐长程火车的梦的孩子的简短故事，我也想到我自己的。

　　我自己的是一个什么"故事"呢？一个父亲，一个坐过了无数次火车的父亲，为了不同的原因，也热切地做着再坐一次长程火车的梦。在他真的实现了那个梦的时候，他心里的喜悦，跟坐在他身边那个小学一年级女生竟是完全一样的。

▶ "书河"岸上

　　写过一篇《旧书摊随笔》以后，一直就想再为它写一篇"续集"，但是到了每星期的"茶话之夜"，茶在唇边笔在手的时候,滚滚的"意识流"总把我带到新的河道里去。

　　今天就不同了。几本下午刚买回来的旧书，还摆在我的玻璃垫上，为了清出一块地方来摆稿纸写字，就不能不设法把那几本书弄到地板上去。手一碰到书，那条短短的牯岭街的影子，那一棵棵的榕树，树底下一肥皂箱一肥皂箱的旧书，一下子就都涌到眼前。题目总算有了。

　　牯岭街是台湾第一个旧书集散中心。那一整溜儿的"肥皂箱书店"前面，是许多面熟的教授、学者"罚站"的地方。每年两次"注册的日子"，成群的穿制服的中学生，手里拿着油印的书单，涌进这条短街，使整条街像"黄"

河，像"黑"海。在那几天里，书摊布置也换了"主题"，变成一场声势浩大的"教科书特展"。耳朵里听到的全是叽叽喳喳的"第几册""第几册""第几册"的声音；眼睛所看到的，也全是"第几册""第几册""第几册"的书。教科书的封面黄黄的，老板们的脸红红的。

要一直等到"注册的日子"过去了，这地方才能恢复它那"便装人的世界"的本来面目。肩膀撞肩膀，鞋头儿踢鞋跟儿的热闹场面，消逝得像一阵被风吹散的浓烟。那些"长袍"，那些"烟斗"，那些"眼镜"，又陆陆续续地回来了。

我知道有一个"夏天喜欢穿花短裤"的德国青年，差不多是每天必到。他身材高大，喜欢蹲下来看书。他所买的，都是中文书籍，有时候是小说，有时候是流行的杂志。如果他看这些杂书的目的是想熟悉中国的语言，想多接触现代中国人的思想跟情感，那么他的路子算走对了。

我问过一个年轻老板，这个德国人的"消费情形"怎么样。

"还不错。"他说，"每次来，总要买个五六块钱的书。多的时候，也花过一两百。"

这个"常客"虽然到得很"勤"，但是跟我相比还是差多了。我每天上下班，要经过这里四趟，从来不放弃"一肥皂箱—肥皂箱"逐箱看过去的机会，而且每次都要"选读"几行或者几页。

我的"消费情形"虽然并不很好，但是"出席纪录"很完美。老板们对我的形貌，已经看"顺眼"了，对我的多长时间理一次发，大概也都心里有数。俗话说的，"常见面就熟了"。尽管彼此没互通过姓名，但是早建立了"视觉上的感情"，跟我点头打招呼的老板越来越多。今年的年初四开市，我从那些"书墙""书巷"侧身走过，得到的"恭喜"就有好几"个"。

这条短街等于我的图书馆，而且是我到过的最好的图书馆。一想起一般的图书馆，脑中就涌出"生锈的锁""潮湿的地道""阴暗的地窖""所罗门王的宝藏"这些意象。但是这里的书的陈列方式是很"现代"的，"非仓库"式的。要满足一点儿突然上涌的好奇心，只要一伸手。书是旧的，"先天"上就具有"不怕摸"的美质。既然图书馆不是"玩书的地方"，家里有限的书又"不够玩"，牯岭街的旧书摊就成了我的"藏书几十万册"的肥皂箱图书馆了。

到这个图书馆去，不用填表，不用办任何手续，只要能做到"有时候花个五六块钱，有时候也买到一两百块"，那么你就算有了"书库出入证"了。

一个人进入一般的图书馆，如果刚借到一本书又有了悔意，想退，必定会造成相当不愉快的后果。可是在这里，就像在自己家里，"任性"一点儿，或者过分的"三心二意"，都没有什么关系。抽出一本，不中意，摆回去就是了。任何一个家庭，都可能藏有几本可爱的书，但是绝对不可能有整条牯岭街所"藏"的那么多。

牯岭街那一溜儿肥皂箱书店所陈列的书，就像一条缓慢流动的"书河"。在"旧书的世界"里，根据每一本书到达肥皂箱的先后，当然就有"旧的旧书"跟"新的旧书"的区别。新书来，旧书去，"书河"的"流速"虽然不很大，但总是在那儿动。有些书在肥皂箱里一住五年，有些书却像书河中央的"急湍"，今天到，明天就不见了。站在岸上看书河风光，也会有一种"流动感"。

老板们的营业原则，是"拉住常逛的客"，"交些常买的主儿"。初逛旧书摊的人，在价钱上总要挨一两下"杀威棒"。每一本旧书上，是都有"铅笔定价"或"签字笔定价"的。那些定价都相当高，有的竟达到"新书"店里的售价的百分之八十。不过"生面孔"的客人只要能忍痛，能忍受一两次"不讲理"，慢慢就可以"升格"，成为"被拉"的对象，成为"不按定价做买卖"的顾客，成为"二价顾客"了。

你在那里选上一本"好书"，"签字笔"定价是二十元。

你不必操心，也不必讲价。他会低头去看定价，然后再抬眼看你的脸，根据你在书河的"出现频率"，决定你这张脸值多少折扣。你可以含笑等待他念出友善的"判决主文"："这样子好了，算你十七块钱——干脆，十五块钱好了！"

希望在书河买到"便宜的好书"的人，应该跟前面提到的那位"喜欢穿花短裤的德国青年"学，平日要"勤烧香"，常常去逛、去玩，像看电影似的，当作一种"没有多大害处的消遣"。那么，在偶然绿票子多了，想豪放地买一套大部头的书，"少算你两百块钱好了"的话，会给你很大的愉快。

"不二价"是工业社会的"公式"，"二价"是农业社会里古老的经商"艺术"。这种"艺术"，在现代的零售市面上已经逐渐地消失了，因为这种"艺术"浪费时间，减少了进行小买卖的"次数"；但是这"艺术"在商业巨子之间是越来越讲究了。"一次买卖就是一次愉快的经验"，这是经商的金科玉律，它对五千万块钱的买卖是"真"的，对一亿的买卖更"真"，只是不适用于"大众买卖"罢了。

书河在阴雨天是寂寥、冷清的。这种滋味，18 世纪英国辞典编纂者约翰生博士一定有很深刻的印象，因为传说他父亲就是一个旧书店老板，他父亲有一次就是在雨中出门到一个市集去摆书摊的。

冷风吹过，榕树叶飒飒地抱怨。坐在塑料顶棚下破椅子上的老板，对打伞来看书的客人一定有最深刻的好印象。我经常是那"两三个客人"里的一个，而且在那种情况下，我一定"设法"买一两本书，就像有时候夜里特意走进熟识的"没有客人"的小吃店吃点儿东西一样。

▶ 飞度岁月

只有白天已经不够用了，我们家里开始用起黑夜来。从前那种黄昏有黄昏情调，清晨有清晨情调的家居生活，早就不见了。像二十四个大臣的二十四个小时，现在变成二十四个小厮，我们随时交办杂务，再也顾不得他们往日的威仪。

夜里读书到两点，昏头昏脑喝了一杯牛奶，正要"飘"进卧室去睡，太太已经起床了。彼此打招呼：

"早！"

"明天见！"

我这个有血有肉的活电瓶回到卧室，像躺在手术台上那样地躺在床上，静静地充电。不必使用麻醉剂，只要三分钟，人就睡得像冰箱里的鱼。不过大脑还是活的，做着赶不上火车的梦，做着迟到的梦，做着人跑到码头船已经出海的梦，做着好容易赶到第三站台火车却已经离站的梦。

充电完成，我全身电力充沛，又走进书房。饭厅里灯光扎眼。太太的电力也差不多快用尽了，她猛踩几下缝纫机，站了起来，高举樱樱的学校制服，说："改好了，明天早上可以穿了。"

"是今天早上。"我说。

"对。我可要去睡了，明天再见吧。"

"是'今天见'，孩子们就是这么说的。"

"对。"

太太休息去了。我的第二度工作又开始了。饭厅灯灭，现在轮到书房"辉煌"了。因为身体刚充过电，所以眼睛睁得够大，握笔的手也有力，书桌上"文房四宝"齐全：饼干、牛奶、香烟、茶。不久，公鸡唱出催眠曲，我困了。身上的电力消耗完了，"文房四宝"也消耗净尽。我又到了应该回卧室去充电的时候。

"早！"这是太太清脆的声音，是电力充沛的声音。她又起来了。

"明天见！"我说。

"今天什么时候喊你上班？"

"八点四十五分。再见。"

书房的灯灭了，轮到厨房的灯亮了。我在公鸡的尖锐刺耳的摇篮曲声中，在我的大摇篮里睡着了。从前最爱听的厨房叮当曲，听不到了；从前最爱闻的稀饭开锅的气味，闻不到了。

孩子都接到妈妈发布的非常命令："不管什么时候，不许摇醒睡觉的人，特别是爸爸！"

因此，樱樱再也不敢每天早晨来喊我："爸爸，已经'处处闻啼鸟'了！"

琪琪再也不敢拿着考卷和笔，先把我摇醒，然后推卸责任地说："爸爸，你醒了，请签名，这次考得不理想，不过还好没有'掉八'。"掉八就是考了七十几分，掉七就红眼圈儿，掉六通常要哭一场。

小玮玮也不敢一巴掌把我拍醒："爸爸，快起来，你这个家伙！"

在我二度充电的时候，我成了孩子眼中的一幅油画。那时候，家的统治者是太太，不是我这个画中人了。

现代生活的紧张忙碌，使人活动不停。大家都失去了"转换脑筋"的过渡时间。文人笔下最喜欢用的"忽然"，成为我们精神生活的标记。一篇稿子刚"抓"到一个头儿，忽然孩子来请教一道算术；算术刚"抓"到一个头绪，忽然一个朋友跟他的不懂事的老板闹别扭，打电话来要我替他们这一对儿冤家做一番公平的心理分析，好使他平平气，"煞有介事"地评论一番——这种评论不但没有待遇，而且非常耗精神；刚评论完，太太忽然来讨论修理水塔的事；刚计划完，忽然琪琪发现手工被玮玮捣毁了，明天没法儿交，要求紧急解决；刚要解决，忽然电话又响，是报纸的征文忘了出题目，希望我马上想出一个好题目来……

人的大脑——不对，我说的是人造的计算机越来越像人的大脑，人的大脑也越来越像计算机了。什么时候要你有什么，你就得马上"出"什么。人的大脑好像有各种控制钮，要它怎么操作它就怎么操作。人像机器，人是机器人。

太太也有她的苦恼。每天下午下班，她是想好好儿跟孩子谈谈，她是想当当淘气的玮玮的游伴，可是她不能不马上去安排晚饭。吃过晚饭，她是想休息休息，可是她不能不马上去洗澡间安排大家的洗澡水。家里有人进洗澡间当水鸭的时候，她是想看一看、读一读两年前就想看的那一本书，但是她不能不马上去把孩子的"蒙尘"的床单刷一刷。刷好床单她是想到书房来挑一本书看，可是她不能不马上给玮玮洗澡好让玮玮马上上床。给玮玮洗完澡，她是想偷偷地至少看一会儿电视，但是她不能不马上催孩子们去睡。孩子们上了床，就会想起许多麻烦事情要她马上办：制服掉扣子，白袜子有洞，领子有墨汁……"能不能帮我点一下眼药水？""能不能倒二十毫升开水给我喝？"等等，都要她马上去办。把一切该马上去办的事情马上办了，她又不得不马上去睡，因为第二天早上的五点钟马上就到，孩子马上就得起来洗脸、刷牙、穿制服、搭公交车、上学。

钟，她说她的生活像钟。如果我们的日记不像"断了线的珠链"，那么我们的日记真可以说是"计算机和钟的卑微生活的记录"了。

好像有一种力量控制太太跟我。我们的日子是"直线式的"，向前直冲的。将来会走到哪儿去？不知道，问计算机。将来会走到哪儿去？不知道，问钟。

计算机的开关噼噼啪啪，钟的齿轮嘀嘀嗒嗒，生活的机器不停地操作，人生的柴油快车向前直冲。

脸上的皱纹像不浇水的花园里干裂了的土，在青丝里抽芽的银丝，像失照顾的朝鲜草坪里的凤尾草。

我们在忙中飞度岁月，岁月也不客气地在我们脸上头上留下辙痕。我们失掉了"清清楚楚地知道自己"的感觉。但是我们也有快乐，因为我们不用写《离骚》，不会掉进"苦恼的网"。

▶ 茶话豆腐

作家林海音女士跟她所疼爱的两个"不仅是名字美丽"的公主（祖美、祖丽），计划团结两代的力量，合作编写一本有趣味的书：《中国豆腐》。如果这是已经确定了的书名，那么，对中国人来说，它就含有"咱们的，值得自豪的"意味；对外国人来说，它的意义等于："一种代表东方文化特色的中国民间食品。"

这个有文学意味的书名——《中国豆腐》，并不表示这本书是"纯文学"的，她说，但是也绝对不是"纯食谱"。她并不打算把它编成一部"以豆腐作为一种象征"，"不懂英美文学的人绝对看不懂"的现代诗集，但也不打算把它编成"水滚后，加盐少许"的豆腐食谱。

她的意思，我想，是要费些心血，把它编成一本"文学的、生活的、有意味的"散文集。

在"文学"的一面，它不但编入了许多有意味的"豆腐散文"，并且连那"食谱文"也要拿起文学的彩笔来写得像《文心雕龙》，像《诗品》，像《茶经》。

在"生活"的一面，她要使豆腐成为我们文化精神中的一个重要角色，像长袍，像折扇，像书法，像山水画，像孔子的哲学，像"孝"，像"义"，像"信"。更进一步，她要使"谈豆腐谈得极端精彩的人"，至少能"深入生活"一点儿，知道做豆腐有它的精彩处，吃"豆腐"也有它的艺术。

这样的一本书，它所处理的"题材"，是一种至少有两千年历史的"由淮南王到老百姓"都爱吃的食品。这个"工程"的难，就像"处理"白话文一样，也跟拿豆腐烧菜差不多。白话文的"白"像豆腐，但是你要酿造意味像酿酒。豆腐的清淡像白话文，但是你要把它"烧"得禁得起品尝，上得了桌。不过，我有理由相信，几年来有本领烧得一桌桌"纯文学"好菜的林海音女士，并不怕这个"烧一道好豆腐"的挑战，何况还有"美丽"的两个助手的协助。

前面那几句"高谈阔论"的背面，藏有我写这篇文章的"动机"。那是一种"交差动机"。这本"未来的书"的编写人，有一天谈到她的计划的时候，像少数最内行的编者一样，用一种权威的，同时也是"冒险家"的口吻说："你写一篇豆腐'茶话'！"这就是我写这篇《茶话豆腐》的真正的原因。

如果她用的是最外行的，同时也是最不"冒险家"的口吻，说："如果您有兴趣的话，也可以写一点儿关于这方面的东西。"那"如果"，那"也可以"，含有很明显的"豁免"的暗示，那么，她就永远看不到我这篇文章了。当然，我并没暗示她所"看不到"的文章一定会是"好"文章。

所有出色的编者，都是天生的冒险家。不过，所有"出色的作者"并不都是天生的无赖汉。我不会为这篇文章将来是在《中国豆腐》"之内"或"之外"叹息，我不会为这件事整夜枯坐，由听狗吠一直听到鸡啼。我的意思是，在这儿，好像也含有一种友谊的权威：不管怎么样，不可以把这个计划搁置起来！

一个"空谈家"所能谈的"豆腐"是非常有限的，而且难免会给人一种"雾里的豆腐"的印象。不过我并不小看我自己。我相信我能不靠太太的帮忙，做到"雾中最大的明晰"。

我童年因为感冒，胃口不好，什么东西都不想吃，坐在饭桌前用"不举筷子"示意的时候，母亲会说："那么，我另外给你盛一碗红烧猪肉。"

我小时候，只要不闹病，对猪肉的兴趣是很浓的。我吃的是瘦肉，对肥肉怀着畏惧，因此造成了我现在的体形，在"横"的方面毫无成绩的体形。我几乎可以说"我的身体完全是猪肉造成的"，我是指瘦猪肉。

尽管是那样，在我感冒而胃口不好的时候，我竟会对红烧瘦猪肉摇头。

"既然连猪肉也吃不下去，"母亲会说，"那么我给你做一碟酱油拌豆腐吧？"

豆腐是唯一我在任何情况下都吃得下的一道菜。它清淡，使我不会因为感冒失去味觉而难过，我知道它本来就是清淡的。我尝它的时候，并不觉得在味觉上失去了什么，因为它本来就没有什么好失去的。

那种感觉，就像我现在怀念几个最值得怀念的朋友一样。他们也是"淡"的。我们的友情是在没酒没肉的情况下培养起来的。失去一大碗一大碗的酒，失去一大块一大块的肉，也就失去了一个一个的朋友，这真是人生的悲剧：只有酒缸再满，肉锅再喷香，朋友才能再回头。但是我不是，我的好朋友随时可以来，随时可以去，没有任何牵挂，淡淡地来，淡淡地去，像"豆腐"。我们互相寻觅对方清淡的滋味，它不为酒香肉味所掩盖。

　　豆腐是嫩的，咀嚼肌不必紧张你就可以"吃"它。它不是水，但是它像水，它"流动"在舌尖齿间。那感觉是轻松自然的，像最知心的朋友那样，像可以不"会话"的朋友那样。他来看你，没有"来意"，所以不必"说明"；他走，并没有完成任何"交易"，所以说双方都没有条约上的义务。它像光，像影，像最知心的朋友。

　　在童年，在我感冒的时候，我吃豆腐所获得的那种感觉，在成年以后，我从友情里得到一次印证。

　　假如"喜爱"像"疼痛"一样，也被医生拿"度"来计量，那么我对猪肉是八度，对豆腐是十二度。我是常闹牙病的人，在苦难中唯一的知己就是熬得很烂的稀饭跟豆腐。苦难来临，豆腐出现，那种温情实在是不寻常的。它不是贺客，它是穿白衣的平民，在你失去金线绣饰的蟒袍的时候，它悄悄地来看你，像一切"人生变化"都没发生过一样。它无力帮助你重建荣华，它只有能力陪伴你品尝你永远不会失去的东西。

　　一个人在品尝豆腐的时候，心中会泛起一种"再也用不着担心有什么会失去"的安全感，那种安全感使人产生道德的勇气，那结果不只是"不惧"，也是"不忧"，也是"不惑"。聪明的人应该以豆腐做他的"人生基地"，豆腐以上的，用一种真正"豁达"的心胸去"迎接"，或者去"舍弃"。

事实上，我对豆腐有一股温情，它甚至影响到我的处世态度。人跟人相处，你不能蛮横地要求对方的心情"必须"永远是春天。朋友难免有心情坏的时候，难免失言、失态、失礼、失约。那时候，只有豆腐那样"柔软"的宽厚心情，才能容忍对方一时的过失。朋友相交，夫妻相处，如果没有"豆腐修养"，很可能造成终身的遗憾。最令我难忘的朋友，并不是那"曾经对待我很热情的"，而是那"曾经宽恕我的过失的"。

上馆子吃饭到了该"点汤"的时候，在报过几道汤都不合适以后，跑堂的也许是成心，报了一道想气气我的汤。我的大喜过望常常使他大失所望。那是我从童年就认识的一道好汤的名字，我的"青菜豆腐汤"。

豆腐是很平民化的食品。不过对我，它不只是这样，它是含有深远哲学意味的食品。它是平民的，但并不平凡。我们的"中国豆腐"！

▶ 听一场"热门"

"中国书城"成立三周年纪念日，特地举办了一次"热门音乐晚会"，把西方世界十几岁少男少女听得热泪满脸、捶胸尖叫的"现代"音乐，介绍给听惯《四郎探母》《红豆词》《踏雪寻梅》《蝴蝶夫人》的年长读者。我的意思是说，"中国书城"为读者群里的歌剧爱好者、京剧爱好者、艺术歌曲爱好者、流行歌曲爱好者，安排了一次接触"猫王"跟"披头士"的机会。

这个为"几十岁"而不是"十几岁"的读者安排的"热门音乐晚会"，充满着谅解的气氛，像一座架在"代沟"上的小桥。它等于请研究"孔孟学说"的学者去翻翻"存在主义"的书；请"海上生明月，天涯共此时"的欣赏者，去读读"拿着手杖7，咬着烟斗6"的现代诗；请读过《礼

记·礼运篇》里"大同与小康"的人，也去翻翻美国未来
社会学家托夫勒博士的《未来的冲击》。

听众里有"童"，有"叟"，有"孺子"，有"鹤发"。
"十几岁"，"几十岁"，"十几岁"，"几十岁"，杂
错坐在一起。烫得很挺的西服裤旁边是"像一口倒扣的钟"
的喇叭裤。旗袍旁边是热裤。"如霜的双鬓"旁边，有"刺
猬似的长发"。"两个模子印出来"的两代，亲热地坐在
一起。

美国的长者在平静地评论"热门音乐"的时候，称它

是"流行歌曲"，形容它的生命"譬如朝露"，在流行过一阵子以后，就失去了踪影；但是仍然不否认有些歌曲"历久不衰"，成为"令人怀念的好曲子"。

现代的"长辈们"，如果回想自己年轻时代怎么把外国电影插曲"带到家里来哼哼"的甜蜜往事，那么对现代年轻人的过分关心热门音乐"前二十名的排名表"就不会觉得惊讶了。当时这些现代的长辈们，在自己的房间里大声哼着《璇宫艳史》的电影插曲或者《阴影里的月光》西洋流行曲的时候，有没有想到只能接受"一马离了西凉界"的"自己的长辈"心中的感受？

我自己在当"先生"，当"爸爸"以前，也曾经喜欢过《苏安尼河》，喜欢过《凯·涩啦·涩啦》，喜欢过《田纳西华尔兹》，甚至连《七个寂寞的日子》都喜欢，因此对"猫王"以后跟"披头士"以来的一切，都并不怎么反感。而且我还感觉到热门音乐演唱时"电吉他"的震耳欲聋，实在并不比京戏演唱时的大锣大鼓"吵人"。

我小时候去听京戏，看到许多听众对使人头昏脑涨的锣鼓不但不生气，反而能"扭动颈部肌肉"，摇摆着头，用一只手在椅子的扶手上打拍子，精密计算"场面"的演奏有没有出错儿，觉得非常惊讶。

后来"听"的东西多了，才知道所有的音乐大都是吵人的。交响乐团的演奏，歌剧里的女高音，都是"吵死人"的。但是到了"爱听"的阶段，到了"心中没有俗念"的阶段，到了真正进入"声音的世界"的阶段，就不但不觉得"吵"，反而拿"雄壮""有力""嘹亮""高亢"来作"听觉满足"的形容。

我觉得热门音乐的"吵"，是完全有它"音乐上的充足理由"的。一切音乐，只有"吵"，才能"取代"现实里的一切；不吵，音乐就会消失了，被"现实里的一切"取代了。会听京戏的人，没有不热切期待一句"一马离了西凉界"能唱得"贯穿戏院的屋顶，直冲云霄"的。这跟爱热门音乐的人热切期待演唱者把一句"迈达令（my darling 的音译）"唱得"震耳欲聋"是一样的。最有意思的是热门音乐里的歌词，美国的评论者称它是"容易懂，容易记的话"。我认为这些歌词充分流露出跟我们的白话文学相同的技巧。它不"乞灵"于辞藻。它的生命在"语言"：活泼、自然、真实、有意味。作者要有运用平凡语言的高度才华，不是才具平庸、感觉迟钝，只会"堆砌词砖"的"抄书先生"写得出来的。现代文学所重视的"艺术过程"是怎样把隐藏的情感"翻译"成不平凡的真实语言。这跟仿古的旧文学作者相反。仿古的旧文学作者所重视的"艺术过程"，是怎样把平凡的语言"翻译"成典雅的辞藻。

对"吃过饭"这个事实，一个重视个人独特感觉的现代作家所"挖掘"的，很可能竟是："我向母亲表达了我的孝心。"因为他胃不好，又不愿意让母亲担心。他不认为"吃过饭"三个字本身有什么好"经营"的，所以他的"文学世界"比较广，也比较正统。仿古的旧文学作者却认为"吃过饭"这三个字的经营正是他的"文学目的"，他很可能经营成"餐毕"，所以他的文学世界比较窄。

热门音乐歌词的可爱，是因为它是重视语言技巧的，不是经营辞藻的。它是文学的正统。

许多美国的"十几岁"的年轻人，听热门音乐常常听得大哭大叫，使人对热门音乐有"感人至深"的印象。我想，除了那"有力的律动感"和"我要把我的一颗心掏出来给你看"的歌唱表情，最要紧的恐怕是那"重视语言技巧"跟对真实语言"几乎可以乱真"的歌词吧！

我进场的时候，舞台上是阴暗的，只有那"满天星斗乱飞"的"星象灯"光，和彩色的跳动的照明灯，在台上表演"光的舞蹈"。背后的幕布上，是演唱者或"吉他手"的投影板。他们的会动的黑影，给人一种奇异的感觉。整个舞台像一幅现代绘画。

我所听到的鼓声、电子琴声、电吉他声、歌声，都不是"真实"的。这一切，都要经过"麦克风"的处理。更准确地说，热门音乐的演奏，早已经成为"麦克风演奏"。歌唱者本人的歌声是不重要的，重要的是他运用麦克风的技巧，重要的是他的"麦克风歌声"。

演唱者所穿的都是喇叭裤、花衬衫。腰带宽度都在三英寸以上。主唱者胸前都挂着"月饼那么大"的金牌、银牌。演唱时，演员的"舞台动作"很多，但是最基本的，还是热门音乐里那"竭力唱出心声，鞠躬尽瘁"的"传统表情"。

歌曲的"节奏"清楚，有规律，就像龙舟比赛船头的锣声。他能使年轻的听众扭动"腹部肌"来加以呼应配合，是"必然"的。有些乐句跟歌词配合得很好，唱得使人心颤，唱得使"现实社会的约束力"完全解体。我想，这大概就是年轻人"泪流满脸，捶胸呼叫"的原因了。

中国还没有人用普通话来从事热门音乐歌词的写作。如果有，那么歌名大概会是"今天是星期日，让我多睡一会儿"，或者"不要再考了"，或者"让我看完连续剧"，或者"母亲，我不要念甲组"，或者"考前猜题"，或者"爸爸，您哪天不应酬"，或者"我可以不可以不出国，留在我所爱的家乡"吧？

回家以后，我把学来的几个舞台动作做给玮玮看。我相信，我也有点儿喜欢热门音乐了。

▶ 在轮子上相聚

　　有时候是"开会通知"这现代社会里最可怕的权威的
"征召"，有时候是"看电影"这今日世界里最可爱的享
受的诱惑，有时候是为了到一家"遥远的书店"去买书，
有时候是逛完街要回家怕孩子腿酸，我常常坐出租车，流
水似的花车钱。并不是不心疼，实在是很心疼。每一趟车
"花掉"的钱，足够我在牯岭街旧书摊买两本爱看的书。
我本来还可以有更多的书，可惜都因为爱坐出租车，把那
些书都"坐掉"啦。

　　不过，在我的人生经验里，这世界上并没有什么事情
真正可以叫作"吃亏"的。有"吃亏感觉"的人，常常是
因为他喜欢把事情"切成一段儿一段儿来看"。"占便宜
的那一段不算。在现阶段，我太吃亏啦！"他说。其实，

如果把事情整个儿地连起来看，现在吃的亏，在将来都会变成钱（这样说，比较好懂）。

我虽然花的出租车钱不少，我在出租车里认识的新朋友却越来越多。我越来越喜欢这种"轮子上的相聚"。我认为像我这样一个生活刻板得可以在每天的日记里都填上"同昨"两个字的人，坐坐出租车也可以算是一种调节。我得设法安抚我心中那只豪放的神鹰，我把它关在"心盒"里太久，它那充满活力的翅膀，已经快被刻板的工作"炼制"成石膏了。

出租车的车厢，是驾驶人的"心"的象征。我打开车门像打开"心门"，谦恭地弯腰走进他的"心"里，然后我在他的"心"里听他的心声。

那个小小的车厢就像一个小小的客厅。那么小的客厅大概只有日本的东京才有。两个大人挤在只有两席大的客厅里，彼此用眼睛互相打打招呼，彼此找些话说说，我想是非常自然的事情。

曾经有几次，我进入车厢，就会有一种"被人迅速地作了一次审判"的感觉。也许对驾驶人来说，我是进入了他的"客厅"，因此审判客人不但是他的权利，同时还是他对自己的安全应实行的措施。他所费的审判时间，大概只有"镁光灯一闪"那么短暂，但是对我来说，那一刹那的时间，并不是令人愉快的——就像受了一次电击。

不过，这只是对我"不愉快的经验"的描写。如果我每次进入出租车都要"受一次电击"，那么我的"坐出租车的兴趣"就不会那么浓了。

通常在我弯腰低头进入车厢的时候，前座总会有一张和气的笑脸转过来。那驾驶人会伸直右臂，帮我顶住车门，设法使我能够在"整个身体完全进入车厢以前"，不至于"不上不下地被夹在门框里"。得到这种热诚的照料，我就知道我们的"相聚"一定会非常愉快的了。

如果我所受到的待遇是"电击"的那一种，那么车厢里的"会话"也一定很少：

"哪里？"声音像"冰裂"。

"成都路。"经验使我知道"简洁"是必要的。

不会再有第三句话，因为我要是在车子到达目的地的时候，多余地问了一声"多少钱"，我的不快乐的朋友会用右手的手指头敲敲"计费表"来代替"回答"。付车资的时候，除非是由我开口，不然车厢里不会有"谢谢"的声音。因此，我对于一个乘客没法子不说的那一声"到了"的话，也改用手势来表示——举起右手，轻轻地"拍着篮球"。

在真实的人生里，我们有时候也会遇到这种"不快乐的朋友"。他永远不笑。他对"笑"有很大的误解，他对"笑"有很大的反感，"笑"使他不安。他一看到笑容，就会赶快伸手去握剑柄。

可是在另外一"种"车子里，我得到的是热诚的欢迎。

"天气真热！"驾驶人会说。他会对着他的小镜子跟我笑一笑。我也对着他的小镜子跟他笑一笑。那可爱的小镜子，很快地"印"上了两个笑容。

他愉快地、含笑地跟我谈"这个很有意思的天气"。

"先生上哪儿去呀？"这是出租车驾驶人的特权。我有一个朋友说过，问人"上哪儿去"是最坏的习惯，因为那是打听别人的私事，常常逼得别人撒谎。我觉得他的话，"对他来说是有道理的"，因此在路上遇到他我就不敢问那一句话。

"我瞒着孩子，偷偷儿溜出来看一部好片子。"我把我的私事告诉他。

"我出来给孩子买一个小便盆。"他告诉我——这可不是我成心打听的。

我想，他讨厌的只是那种专打听别人的私事，却把自己掩藏得很"严密"的人吧？

我在这种充满美意的车子上，常常因为受鼓励，变成"话相当多"的人。事实上我真正"说出来的话"并不多，

只是车厢里显得热闹，有说有笑，气氛十分和谐。我只是
"有良好的反应"罢了。

驾驶人编得一部非常完备的"人人百科全书"。我每
说一句话，就像查一次百科全书，那答复常常是完美的，
充满着"新数据"的。坐"这种出租车"常常使我嫌路途
太短。他有那种"魅力"，能使我不怕多花车钱，一直坐
到圆山——虽然我并不想去动物园。

下车的时候，就算我说了"废话"，问他多少钱，他
也不会伸手去敲计费表，露出"你不认得阿拉伯数字？"
的厌恶神气。

"十八块五。"他竟然在脸上带着"歉意的笑容"，
意思是说："真不应该，糟蹋了您这么多钱。"

我们在轮子上不过是几分钟的相聚，而且"日后请多
多照顾"的希望又那么渺茫——他要在人群里再找到我，
我想在车群里再找到他，几乎是不可能的。那么，他又何
必为我费心，对我和气，照料我上下车，在接受车资的时
候表示感谢跟歉意？

这个问题，深深地迷惑了我，打动了我的心。

其实我的这种"冷冷热热"的遭遇，并不是只在出租
车里才发生的，在出租车外的世界，也完全一样。

我认识许多"伸手厌烦地敲计费表"的人，我认得许

多反问我"你不认得阿拉伯数字？"的人。那种经验，当然不会是"很令人愉快"的。

我一向喜欢把每一个人比作一部出租车；把每一个人的"自我"，比作出租车的驾驶人。我在那"比喻的世界"里，也坐了不少的出租车，进去过不少的车厢：冷冷热热。

我几乎要承认我没有能力解释这种现象。但是有一天，我拨电话"166"听天气预报，忽然领悟到一个很好的比喻。

用恶劣的态度对待人的，如果他遇到的是一个态度良好的人，那么，他的"人生的天气"可能是"阴偶晴"；如果他遇到的是同样态度恶劣的人，那么，他的"人生的天气"就是"狂风暴雨"了。

用良好的态度对待人的，如果他遇到的是一个态度恶劣的人，那么，他的"人生的天气"可能是"晴偶阴"；如果他遇到的是同样态度良好的人，那么，他的"人生的天气"就是"风和日丽"了。"阴偶晴"跟"晴偶阴"已经有些差别，最大的差异却在"狂风暴雨"跟"风和日丽"。

对于"为什么有的人老是用恶劣的态度对待人，为什么有的人常用良好的态度对待人"的原因，恐怕只有"选择的智慧"可以解释了。

▶ 写字台，过年见！

　　每年除夕的傍晚，收拾好了办公室里相依三百多天的写字台，把香烟、打火机、钢笔、半篇文稿、两份报纸跟一张"横七竖八写满了五六件该办的、该记住的杂事"的破纸，一股脑儿扔进了"○○七"。咔嗒，咔嗒！拨动一左一右两个金属闩，闩紧了这手提箱，站起身来，围好了保护脖子的围巾，穿上比迷你裙长一点点的风衣，伸手一抓"○○七"，顺势转身，正打算像平日一样，一阵风似的开门、下楼、回家的时候，心一动，我会停下来，迟疑一下，然后回过头去看写字台"最后一眼"。

　　身穿风衣，手提"○○七"，这是广告上朝气蓬勃的事业家的画像。但是我，在透过西边落地窗照射进来的夕阳微光里，低着头，心中感慨万千，那形象，实在更像一

个孤单的"凭吊者"的画像。

写字台上的绿色玻璃垫，磨破我三件毛衣的袖子的绿色玻璃垫，它右边靠桌沿的地方，已经变得又光又滑，像幼儿园里的滑梯。我常常想象蚂蚁走到那里，会惨叫一声，发生"失足坠崖"的悲剧。

　　我不喜欢穿西服上班。我不知道许多穿西服上班的人，他们是怎么工作，怎么写字的。是不是高高抬起两个胳膊肘儿，像通过关卡接受卫兵搜身似的，只用几个下垂的手指头，打字似的在桌面上工作，用来护惜衣袖？西服应该只是现代人的"礼服"，它不能坐，坐了臀部会皱得不成样子；它不能蹲，蹲了裤膝会鼓起两个"包"来；它不能写字，写字袖口会磨得发亮，"袖肘"会显眼地有"疙瘩"，向后高高地拱起。

　　我宁愿穿不讲究笔挺的宽松毛衣，让身子像变形虫似的，要伏案就伏案，要支颐就支颐，要靠椅背就靠椅背，越是皱得不成样子，越是宽松毛衣该有的样子。

　　我的写字台，你磨穿了我三件毛衣的袖子。每天，当我坐下，你"升起"到我胸口的时候，虽然我脑中并没呈现明显的"语象"，但是我熟悉胸前这个"小广场"，如果我开口，我说的一定是："这就是我的田！"每一个"耕者"都应该"有其田"的。

　　我的生活跟这个"小广场"是分不开的，甚至下班回家，走在路上的时候，胸前都仿佛有这一个永恒的"桌面儿"。这里是玻璃垫；这里是一溜儿工具书：一套《国语辞典》、一部《成语大辞典》、一本《国音标准汇编》、一本英文字典；这里是一架大楼内部的通话机，我自己的号码是"〇〇七";这里是一个案头日历;这里是烟灰缸;这里是一杯茶;这里是一个塑料篮,装着一条粉红色的擦手毛巾;这里是塑料糨糊罐子;右手边上,是我的小手提箱。

许多人都知道那句关于"懒驴"的谚语。也许我天生就不是"懒驴",所以差不多连"洗手间"都不常去。早晨上班一落座,就像生了根,再也不起来。我是习惯胸前有个桌面的。

每天,我就在这桌面上写、读、想、查书、商量事情——在那架黑色电话机的陪伴下,心安理得地工作。我不明白这种黑色电话机的设计人,为什么不使它的"叫声"好听一点儿,让它能发出音乐,演奏《少女的祈祷》,或让它发出"银铃"声。它的声音像凄厉的乌鸦叫,那是一种干涩的"电的声音"。

我由这架电话机,学到许多道理:

语言学家研究"声音的表情",都相信它跟脸部的肌肉有"不可分"的关系。世界上没有一个人能绷着脸、皱着眉、瞪着眼,却发出悦人的语音的。两个人说话,通常都是"四目相对","视觉印象"跟"听觉印象"是同时"收受"的。因此,普通人都能够从人的表情"预测"他的声音,从人的声音"想象"他的表情。这种"联想"本领，从儿童时代就已经养成了。

一个"感冒人""失眠人"或者"胃疼人"，跟人当面说话的时候，脸部的表情当然很容易引起别人的反感。但是因为是当面说话，四目相对，对方还能从他的流个不停的鼻涕，从他的黑眼圈，从他捂在胃部的那只手，观察到他的"病态"，这种病态容易激起对方的同情，得到对方的谅解。

不过，要是他在那个时候用电话机跟人谈话，对方只能"盲目收听"，看不到那值得怜悯的"病态"，就会凭那不悦耳的声音，描绘出一个凶恶的脸谱来，对他产生很大的误会。许多无缘无故在电话里跟人吵架的，都是以为对方根本看不见自己的脸，声音归声音，表情归表情。他不知道他的"自以为人家看不见"的"令人起反感的表情"，是会使他发出"令人起反感的声音"的。

"电话礼貌运动"劝人说话声音要和悦，有些人根本不知道该怎么"和悦"。倒不如简单地说："跟人通话，脸上要带微笑。"电台的播音员，通常都对着麦克风微笑。如果他绷着脸播音，第二天听众的指摘信就要像雪片似的飞来了。

这架黑色的电话机给我的"电化教育"，我是很感激的。"你的声音，会在别人的脑子里画出你的肖像。"这个想法多有趣。虽然这黑色的电话机每次带来的，通常不是恼人的问题，就是不愉快的消息，但是它也"教育"了我，使我习惯用微笑接受"问题"跟"不如意"。

在玻璃垫的玻璃板下，压着一个素淡的小书签。那是一家日本书店印制的，上面有一句英文句子，它的中文意思是："选书就像选朋友。"朋友不能"滥交"，买书也是。我很爱这个小书签，因为它能代替我的太太说出"在感情上"不好开口的话。它，对我来说，等于提醒我：不能每天下班就到牯岭街旧书摊去乱买书，把自己的钱花得一干二净。

这并不是一张永远严肃的写字台。在没人的时候，我在那上面吃过从抽屉里掏出来的饼干。我发现玻璃垫是切橙子最卫生的案板。有些日子，为了赶上班来不及吃早点，我的一顿由"纸盒牛奶"跟"蟹壳黄"组成的早餐，就是在那上面吃的。这写字台有一个抽屉，藏的是我的全套乒乓球装备：一双球鞋，一个负手板球拍，还有一双白色球袜。

写字台旁边是敞亮的落地窗，在这一年里，由窗内看雨，看台风，看夕阳，看万家灯火，很"自私"地看救火车拐向哪一条马路。

一年来，我一天又一天地，不厌烦地，在这写字台上生活，磨袖子，直到除夕的黄昏，直到临走的时候，才忽然想起自己有三天假期，明天再不会是平日那样子了。

心中泛起一阵怅惘，那是"牛"告别"犁"的怅惘；心中泛起一阵离情，那是尘缘未满的人暂别"木鱼青灯"的离情。

"犁"一年到头给"牛"沉重的负荷，一旦"牛"自由，反而舍不得让"犁"寂寞。算我是寓言里那一头天真可爱的牛吧。

再见，写字台，我要回去过年啦！

卷四

深夜三友

▶ 它（二）

我见过一片碧绿的草地忽然变黄。不知道是草发生问题，还是土壤发生问题，终归是有"一样东西"忽然消失了。它忽然消失，像阳光下的一滴露水，像一个人在中午所找不到的草叶上的那一颗朝露。

不过，这并不是恰当的形容。草叶上那一滴露水的消失，就像翠玉盘里少了一颗珍珠，珍珠不见，绿盘还在，绿盘还是那么绿。珍珠只不过是绿盘的"身外物"。我想形容的并不是"失去了一颗珍珠的绿盘"。我想形容的是一片碧绿的草地忽然变黄，是失去了"一样东西"以后，绿草本身的变化。

绿草有那"一样东西"的时候，它是绿油油的，碧绿碧绿的。绿草失去了那一样"东西"以后，即刻就失去了

"绿油油"。那"绿",忽然变"黄"。那草叶,忽然变成绳子,变成木屑,变成纸,一直变到最后,变成灰。这是一种令人心惊的变化。我用这种变化来形容它——那只狗——身上的毛。

我第一次看到它,是在我手提"○○七"飞奔下楼,赶回家去团聚的时候。就在我的办公大楼附近,埋设地下电缆工地的旁边,那一个堆着铁筋、沙土,而且还有一个小烂泥塘的地方,我看到了它。它就在那小烂泥塘边,卧着,头挨着自己的两个前爪,闭着眼,一动不动。

它身上的毛,像沙漠边缘的枯草。微风吹过,那些毛颤动着像被风吹破了的招贴,像挂在电线上的扯断了的风筝绳子,像迎风招展的古屋里的破窗帘布。我吃了一惊,站住了,再仔细看着它。

它是一只有浅咖啡色斑毛的白狗。它静静卧在那儿,像一个破麻布袋,像一团旧报纸,像一堆灰,一动不动。只有它身上的毛,随着风动,像一丛枯草,像干了的榕树气根。虽然它卧着的姿势,像中午十二点大户人家朱门边正在午睡的同类,像炎夏蝉鸣声中在岗位上纳福的同宗,但是我从它给人的那种"寂静"的感觉,断定它是一只"没有生命的狗"。

我回家报告这个消息,孩子们脸上的表情都很严肃。

我们是"养狗人家",有关狗的一切是孩子们最关心的。我的报告,等于在狗报上刊出了一条黑框的"头条"。

"明天你上班的时候,再去看看它。"晚饭以后,上幼儿园的玮玮很认真地悄悄地到书房里来跟我说。

我点头答应。

第二天早晨,我上班的时候,又经过那个地方。一夜的工夫,那里多了一些垃圾,我在原地点找不到它,第六感却告诉我:"它还在,它还在。"这是一种很奇怪的感觉,你眼睛看不见,但是你知道在那垃圾堆附近有生命在。昨天回家是在黄昏,是夕阳西下的时候,气氛使我的感觉"昏睡"。再加上我的疲倦,加上我对我自己疲倦的同情,我不愿意强迫我的"感觉"替我做任何事,同时也无心批阅"感觉"送上来的那散漫马虎的报告。

早晨就不同了。我的感觉恢复了一向的"敏锐",用不着我强迫,它的报告已经送上来了:"我们知道它还在。生命是可以感觉出来的。我们判定它就在这附近,请继续搜索!"

果然是它。它挪了地方了,靠近那堵墙,靠近那一堆垃圾。它的生命并没有消失,相反地,它生命里最坚强的一部分——它的意志力,正在最活跃的时候。为了生存,它坚强的意志力竟指挥衰败的身体去垃圾堆"就食"。它

的毛比昨天更脏，样子比昨天更弱，卧在那里，一动不动，完全像一堆垃圾。不过我知道它不是，我知道它是超越腐败物质的。

中午回家的时候，我告诉玮玮："它是活的！"

"活的呀？"玮玮吃惊地说。

下午上班，我不像往日那样一路逛着旧书摊。对于旧书摊今天会来几本"新的旧书"，我已经失去了兴趣。我直奔我最关心的地方。这一次，我更相信它是"活着"的了。它不在垃圾堆旁边，新的"画面"使人心酸。它整个身子泡在那浅浅的"贝丝台风造成的烂泥塘"里，脏得使人不敢接近，远远看去，好像一丝气息也没有了。烂泥塘里的积水已经不多，烂泥塘四周的地干得像"热锅"。天上的太阳像一团火。

它爬到烂泥塘里去做什么？这应该也是一个"沙漠的故事"。一个单身的旅客在沙漠的狂风里失去了骆驼，也迷失了方向。他在"火炉"里挣扎前进，几次昏迷又醒，不相信生命会那样毫无道理地结束在沙漠里。忽然他感觉到空气中的水分，他闻到水的"气味"，就向他所判定的方向爬过去。他的四肢本来没有爬行的力气，但是他的意志力还能爬。到达水边的时候，他力竭，昏迷了过去。他昏迷了过去，在昏迷中喝水。他泡在水里，但是活着。水流进了昏迷人的嘴，流动在他的胃里。

门房游老伯告诉我这只狗的不幸遭遇，语气里充满同情，流露着一种我们人类才能互相体会的"对生命的虔敬"。原来它是在穿过马路的时候被一部疾驰的出租车轧伤了的。出租车司机停了车，很吃惊地发现它还活着，就把它抱起来，安置在马路边。在大家都被一股无形的力量驱赶得团团转，驱赶得"马不停蹄"的现代工业社会里，那司机只能"敦厚"到这个分寸上。在匆忙的，使人头晕的现代高速社会里，这不过是一件"流星互撞"的"太空事故"。

我们人人都是那个司机。时间的匆迫感，生活的逼人感，都是我们有利的"辩护词"。为了赶写他吃力的"养家的故事"，司机的"狗的故事"成了"断编残简"——冷酷的写实主义的作品！

我跟游老伯的谈话更是一个典型的例子，只谈事实，没有感想，没有感慨，心中充满双重的不安：人道主义的不安跟"伟大"的、现代的、无人性的"速度主义"的不安。果然，我们的话还没谈完，楼上办公室的电话已经"精确"地"追踪"到我了。我怀着有罪的心情，上了楼。

我是"贪婪的速度主义"的叛徒，因为：不顾生理的负荷极限，盲目讲求速度的现代社会，它的前途是一个溃烂的胃，一堆爆裂的血管，跟疲倦厌烦的生活态度。

我回家的时候，又看到了它。它已经挣扎着爬出了烂泥塘，力竭在另外一个角落无声无息地卧着。我领悟到我为什么对它那么关心了。原来它是生命挣扎的象征，也是悲壮的人性的象征。在疯狂贪婪的"速度主义"社会里，它孤立无助，但是它有英雄的尊严，它承担自己的痛苦，在"仁爱"已经被"速度"所代替的大地上，孤独地为自己的生命奋斗。

▶ 散步

　　我是一个不合格的"散步人"。我"散步"的步子太快，像"秒针"那么快。

　　有一天黄昏，我忽然想出去看看大马路上的夕阳景色，就向厨房里最亲密的"炊烟制造人"请假，轻轻地，把我心中纯真的小愿望告诉了她。为了避免使我的小行动发展成一个热热闹闹的"巡行的队伍"，我瞒着孩子，悄悄地溜出去散步。

　　我回家以后，就坐在客厅里等着吃饭。系着围裙的"炒菜人"恰好有事，"忙忙碌碌"地走进客厅，一眼看到我，就跟我做了一个"还不快走"的手势。我用"怕孩子听到"的低声告诉她："我已经回来啦！"

　　她大吃一惊，忍不住大声说："你这个'步'是怎么

'散'的？"随着她的声音，孩子们都从她们藏匿的地方走出来，包围着我，像包围一个有"潜逃"过失的"走离了岗位"的卫兵。

我这个"步"是怎么"散"的？我不过是按着预定的路线，"走马灯"似的尽快把路程走完就是了。

我不得不承认，我在散步的时候，心中仍然怀着"怕迟到"的恐惧，我往前直冲。这种"戒惧"心情是"白领阶层"的美德，不过实在不能算是"散步人"的美德，只是赶上班赶惯了，赶开会赶惯了，赶火车赶惯了，赶电影赶惯了，因此在散步的时候，也忍不住要"上足了发条"。

跟朋友一起散步，我最关心的是："我们'计划''散'到哪里去？"

"获致"了共同的意见以后，我心中就会"振奋"起来，决心提早或者"在限定的时间内"完成这一次"行动"。那时候，我的"速度"总是相当惊人的。其实，散步应该是"不讲速度"或者"根本没有速度"才对。

我的一个最好的朋友，也跟我犯了同样的毛病。我们最喜欢散步谈天。我所说的这种"散步谈天"的活动是很累人的。我们越走越快，谈话的速度也越来越快。实际上我们等于在进行一场"世运会最近有意取消"的"竞走"竞赛。每次"散步"完了，我们心中都有"应该赶快回家去休息休息"的一致的想法。

跟真正的"散步行家"在一起，我就不知道自己应该怎么走路。跟这种行家在一起，我就成了中国保姆带出来的外国小孩子：一口气跑出去十几步，然后回过头来，站在路当中等。

如果我要采取跟这行家相同的步伐，我就得跟海军乐队队员"走""三拍子"乐曲的步伐学习：抬起一条腿，悬空"一拍子"，然后再踩地，就算是这样，我踩地也常常踩得太早。这真是一种最容易"腿酸"，最容易"精神紧张"的散步。

美国专栏作家包可华，在他的"包可华专栏"里，好像有一篇是特意描写美国家庭主妇的"家事烦恼症"的。

一个家庭主妇，陪伴丈夫搭飞机去度假。在飞机上，这主妇坚持要帮"飞机""清洁"全部客舱，坚持要帮"飞机"洗椅子套布，坚持要帮"飞机"把咖啡煮好。虽然是在度假，她仍然有"家事烦恼"，仍然很热心地"埋怨"着一切，根本忘了自己应该是一个"一切享受现成"的"花了钱"的顾客。

我的没办法享受散步的乐趣，大概跟我所过的"赶时间"的现代生活大有关系。在散步的时候，我心里那个"很精明的小人儿"就会出来说话："走快点儿，火车要开了！""走快点儿，快要停止挂号啦！""走快点儿，还有五分钟就停止收件了！"我毫不踌躇地，像一支箭，嗖，射了出去。

在我的"开会经验"里，我发现了一个最令我迷惑的原则：一个会议的真正开始的时间，并不是纸上"印明了的时间"，"它"也是由多数来决定的：如果多数准时到，会议就准时开；如果多数迟到，会议就迟开；如果多数早到，会议甚至可能早开。但是你永远不知道你自己是不是属于"多数"，每次参加会议都要碰运气。有一次我去参加一个酒会，请帖上"印"明是九点至十一点，我十点钟到达会场，偏偏很不巧，那一天的多数都是八点多钟就到的，所以早在九点半就散了。我不但看不到"会"，也看不到一杯酒。

我学到的方法，是"早一点儿去看看"，看看今天的"会"哪一种人可能是多数。不过这样一来，我就常常成为"到得太早"的人。那时候，只要看准了多数人不会早来了，我就利用那"多出来的时间"去"散步"。

我的"散步法"是这样的：如果离真正写明的开会时间还有半小时，我就由会场出发，用我习惯了的"匆匆忙忙"的脚步走一刻钟。到了一刻钟，我就回头，"匆匆忙忙"地再走回会场，时间恰好就是另外的那"一刻钟"。

我所享受的散步乐趣是一种"精确计算时间"的乐趣。这是一种"现代乐趣"。

我并不是不知道真正的"散步"是什么样的，可是我学不会。我学不会那样舒缓地迈步，我学不会那样舒缓地摆动胳臂，我会跌倒，像一辆"不走的脚踏车"。

我想，真正的散步，应该使自己的身体变成一条没人管的木船，本身应该"毫无速度"。自己应该告诉自己："我并不打算到任何地方去。我没有什么目的地。"

然后，你用"我并不一定要迈步"的心情迈出很小的一步，一寸一寸地迈。不能有心理的紧张，也不能有肌肉的紧张，一切的一切，都要表现出"随随便便"的样子……

有一次我在植物园的小径上试过。结果我变成高速公路上的老爷汽车，背后一群"高速散步人"在"超车"的时候都回过头来对我瞪眼。他们的意思好像是说："你走得那么慢，把路都挡住了，叫别人怎么'散步'！"

为了避免再惹人讨厌，我只好学其他的人，用已经习惯了的步伐，匆匆忙忙地在植物园里绕了两圈就回家了。

在现代，能够像母鸭那样一跩一跩地散步的人是越来越少了。真正舒缓的动作，只好到电影、电视的"慢镜头"里去找了。

有一次，我带玮玮出去"散步"，享受"千里江陵一日还"的"散步之乐"。忽然在前面不远的地方，出现了一位"母鸭型"的散步人，就像乘风破浪的汽艇前面忽然出现了一个木筏。在我们"超车"以后，玮玮不住地回头看，轻轻问我："那个人怎么啦？"

"他在散步。"我说。

"我们两个呢？"玮玮问。

"也是散步。"我说。

古老而美好的散步艺术，恐怕不久也要失传了。

▶ 水仙花

　　看松枝带雪，使我愉快，因为那绿，那白，很像水仙花。只有白色，才能描绘纯洁，只有绿色，才能描绘生机。善良纯洁，有旺盛的创造力，是书生的形容，是君子的形容。水仙是读书人的花，是君子的花。

　　童年过春节，兄弟姐妹都可以得到一小盆水仙花。那时候我住在福建，福建是我的家乡，也是水仙花的家乡。刚过农历十二月半，电影院向阳的铁门外，小吃市场"新巴萨"的围墙下，蹲着一个一个卖花郎跟卖花女，在冬天的阳光里卖水仙花头。冬天的大街上，行人不靠左，也不靠右，只靠阳光走。十二月的太阳，照人，也照水仙。

　　初一出去拜年，无论走进哪一个客厅，都可以看到一盆"静静的水仙花"。我在水仙花前向长辈鞠躬，学说"恭喜发财"的祝词，微微低头让长辈抚摸我的黑头发，微微伸手接受长辈递过来的红纸包。我在水仙花前"发财"，水仙花给我带来财运。

为了要摆一盆水仙花，我把书桌收拾得很干净，挑选几本封面漂亮的儿童书摆在花前。我初读"书香"这个词语的时候，几乎一看就懂。我的错误的体会，成为一种"美丽的错误"。我的书香，指的并不是读书的优良风气，我以我书桌的摆设来塑造"书香"的意象——一幅有水仙花有书的图画，而且相信是水仙花的香气把书熏香了的。

我确实真切地闻过一次水仙花的香气。那种香气，就像听觉里的村外的牧笛，就像视觉里的淡淡的浮云，就像触觉里的西边的细沙，就像味觉里的一杯薄薄的茶。只有在心最静，屋子里最静的时候，它才飘浮在空气中。这香气进入"肺腑"的时候，抚慰了我的嗅觉，像一个和气的客人含笑进入了客厅。闻着那香气，仿佛接触到"仙气"。

我父亲设厂制造香水的时候，选择了水仙花做产品的商标。我常常站在他的大书桌边，看他设计各式各样的水仙花图案。我记得有一次他把六个花瓣都画成长方形的，花瓣中央的"副冠"也画成正方形，成为一朵"直线构成"的奇怪的花。他问我："怎么样？"我说："看着难过。"因为我的个性喜欢"和谐"，视觉只能适应曲线。

水仙花是我所见过的最单纯的花之一。"六等分"一个圆，就可以求出六个花瓣的位置。花瓣也是单纯的，并没有什么复杂的装饰。六个花瓣加上中央杯形的副冠，就像一颗曲线构成的白色小星星。它给我的印象是"和谐而单纯"，这正是为人处世的金科玉律。

"是"就是"是"，"不是"就是"不是"，这是一个君子应该有的诚实态度，这是一种"高贵的单纯"。任何邪恶的歹念、自私的谋算，都会在"伟大的单纯"面前失去了运用的机能，像阴影在光里消失。但是我并不认为这种伟大的单纯非跟锐利的言辞相配合不可，像一些脾气暴躁、言语刻薄的人所"辩白"的那样。

许多人喜欢这样的说话方式："水仙花有六个花瓣，不是五个花瓣。你真笨，连一点儿常识也没有！"

"水仙花是六个花瓣，不是五个花瓣"，这是最"正直"的言语，"你真笨，连一点儿常识也没有"却是极端邪恶的。许多自称因为正直而得罪了人，为人所不能容的人，其实都是歪曲了事实。事实是这些假正直的人对于有机会说"你真笨，连一点儿常识也没有"这种话，有非常浓厚的兴趣。他是因为"抓住好机会进行伤害"而得罪人，并不是因为正直而得罪人。

只有真正的君子，才做得到单纯而和谐。水仙花是君子的花。

我喜欢水仙花的白跟绿，正像我喜欢结交纯洁有创造力的朋友一样。跟纯洁的朋友在一起，"生活的战场"就变成"生活的田径场"，彼此互相激励，追求的是"更快、更高、更远"的理想。跟有创造力的朋友在一起，工作就成为游戏。大家过的不是"做一天和尚撞一天钟"的暮气沉沉的日子，生活中充满了构想、设计跟实践的乐趣。我的每一个好朋友都是我的一枝水仙花。

人应该纯洁像水仙花白色的花瓣。人应该在创造中追求生活的乐趣，像水仙花碧绿的叶子那样充满生机。

希腊神话里说水仙花本来是河神的美貌儿子。他知道自己长得漂亮，所以就"为自己的美貌而骄傲"。许多女孩子喜欢他，但是他不理人。有一个女水神因为迷恋他，为他的冷冰冰的态度伤心得消失了形象，只剩下声音，就是我们在山林间常听到的"回声"。

"回声"女神悲惨的恋爱故事，触动了天上的一群神。他们同情"回声"的痴情，认为河神的儿子的无情是不近人情，所以决心要管这件事情。

神的议会立刻采取行动，处罚河神的儿子，把他变成一个痴心人，让他迷恋池水中自己的影子。河神的儿子日夜守着水中自己的倒影，如醉如痴，不肯离开，一直到他耗尽了生命力。他死了以后，变成水边一种开白花的小植物，就是水仙花。

变态心理中的"自恋狂"，被称为"水仙花病态"，出典就在希腊神话中的这个悲惨的恋爱故事。这个事实使我陷入了窘境，它完全破坏了我苦心经营的对水仙花的赞美。

我承认在真实的人间，自恋是相当普遍的症状。有这种倾向的人，常常把兴趣过分集中在自己身上，使跟他交往的人，感觉到除了他们两个人，还有一个无形的第三者，是一个"理想的化身"，插身在他们两个人的中间。跟这种人交友，那经验是很令人不愉快的。

有这种倾向的人，常常向人介绍他自己说："我这个人是……"给人的印象是"他并不是他"，另外还有一个"他"。

不过，我并不认为一个美丽的神话跟一个精神分析学里的专有名词，就能摧毁水仙花在我心目中的崇高地位。

我的水仙花，对我来说，是"再现童年"的花，是"怀念家乡"的花，是过年的花，尤其重要的，是我的"箴言花"。

为了迎接就要来到的这个春节，客厅电视机上除了我的小地球仪跟琪琪的"贝多芬"，还多了一盆水仙花。我知道这是太太买回来的"年货"之一。平日只看书的人，竟变成如醉如痴的看花人。我在花上看到的并不是河神的儿子，我看到的是一张大大的书桌，一个胖胖的父亲在桌上设计图案，一个瘦瘦的当时还没戴眼镜的儿子，只有十岁大，全神贯注地看着在纸上运行的笔尖。

▶ **深夜三友**

半夜的飞机声，对我来说是一阵小型的地震。这飞行的"铝制小鸟"飞过房顶的时候，我的头像一口被敲响了的大钟。受到这种"重叠共鸣"的激荡，我完全没法子进行思考。

飞机声消失以后，耳朵又听到了"寂静"，我的思想却去追飞机去了。那个半夜还在空中飞着的现代骑士，辽阔的夜空是他的黑色草原。

年轻人，贵姓？你在上面看得见，除了我的灯，像我这样在夜半发光的还有几家？我的邻居们都睡了没有？巷外马路两边的商店，是不是还用灯光照亮店门口的马路，像黄金泻地？十字路口那家专为"开夜车"的大学生跟开夜车的出租车司机服务的豆浆店，是人多了，人少了，还

是没有人了？豆浆卖完了没有？年轻人，帮我看看。你在上面看得见。

　　你坐在驾驶座上看灯火点点的这个城市，就像看一个点缀着小蜡烛的巧克力生日蛋糕。我书房窗外院子地上那一片打格子的灯光，从你那上面看下来，恐怕只是一个金点子吧。

你一定很寂寞，在那上面你一定很寂寞。我也寂寞，我的寂寞是因为"巧克力生日蛋糕"里只有我一个人还没睡。所以我把你当作朋友。半夜，你随着那一阵怒吼声从天边飞来的时候，我就停笔，坐在书桌前问你好。我不知道每夜的你是不是同一个你，但是我关心你。你来的时候，我告诉自己："他来了！"怒吼声消失以后，我告诉自己："我问候过他了！"在最静的深夜，你是我最"吵"的朋友。

半夜，远征的火车发出的那一声汽笛，使我想起那个拉汽笛的火车司机。我不知道他是不是一定穿着幼儿园男生所穿的那种工服；我不知道他是不是一定戴着鸭舌帽；我也不知道他的脸是不是被油烟熏得很黑，因此眼白跟白牙齿显得更白。我不知道。但是半夜那声汽笛一响，我就会停笔，看一看从手腕上卸下来摆在玻璃垫上的手表，跟那个"在别人睡觉的时候工作"的同伴打一个招呼："你好！"

深夜的火车像怕黑的小孩子，从东厢跑过黑暗的院子，到达有灯的西厢。夜里的城市美丽像一朵发光的金菊花。火车从这朵金菊花奔向下一朵金菊花，中间要通过一片黑旷野。它撞破黑暗的圆周，通过黑暗的圆心，再急急地突破圆周的另一点，逃进第二个美丽像金菊花的城市。

火车，它在黑暗中奔逃的时候发出来的汽笛声，就像单身的夜行人走进黑巷发出来的一声咳嗽。火车，白天你离我很远。你离我最远的时候，我看你就像百货公司"儿童部"里一套一百八十元的电动玩具。但是在半夜，你离我很近，离我最近，你好像就在窗外。你从窗外开过去，只是为了问候我："你也好！"

也许将来的火车根本不需要一个司机，只需要一个躺在车站控制室的沙发里的年轻学士，双眼忙着读自动控制系统的各种仪表。但是，如果火车在半路上遇到在铁道上吃野草的小牛……应该还要有一种会把牛赶走的机器。

牙齿很白、眼白很白的司机，你是来，还是去？你的下一朵金菊花是哪一朵？

我听过海潮，因为我的家乡在海边。那种声音跟摆在钢琴上的节拍器一样有规律。先是一声"哗啦"，过一会儿，又是一声"哗啦"，再过相同的"一会儿"，又是一声"哗啦"；它是不变的，有规律的，催眠的，一直到你睡着了；在家乡，在童年。

另外一种海潮我童年没听过。先是在远处，有隐隐的雷声。你刚听到这雷声，这雷声即刻化成十万个马蹄，用冲向终点线的速度向你狂奔过来，快得使你心跳，响得使你耳聋。越来越快，越来越响，到了你觉得你一定会被这声音"吵死"的时候，它忽然化作一声"哗啦"，在你觉得"准死无疑"的时候,心中却涌现一片伟大的寂静,原来那声音已经过去了。它来的时候有"过程",它去的时候像闪电,它不是你的感官所能对付的。这种"海潮"是非常"现代"的。它就是深夜疾驰的摩托车的马达声。

在高雄,在台南,在台中,在这些地方的旅馆里,我常常被这种"深夜的狂风"所惊醒。我的头虽然"休息"在用过就洗的、香香的、旅馆的柔软的枕头上,但是我觉得我的头已经不是装思想、装爱心的百宝盒。它是一口钟,刚刚被人猛敲一下,余音嗡嗡。

在自己的家里,坐在摆满孩子送我的塑料花的书桌前,执笔细心经营一个一个的句子,更深人静,我心中全不"设防"。这声音,这狂风,说到就到。我的身体,连同电线似的密布全身的神经,就像中了一枚鱼雷的商船。铁壳破裂,我被一阵热风卷进海里,像一个不懂水性的落海人。我要抓漂木,抱汽油桶,手脚乱扑,挣扎了好一阵子,才能被救上后面来的第二艘冷静的商船。我愤怒,激动,想一脚踢开座椅,冲出书房,冲出大门,冲出无人的静巷,冲到宽阔、平坦、寂静的大马路当中,左手叉腰,右手像"刺"出去的剑,用两个手指头指着远处那个疯狂的小黑点,骂一声:"你!"

我是有"深夜走在大马路上"的那种经验的。我不能否认那种"美"，我不能抹杀那种"诱惑"。那"美"，那"诱惑"，谁也不能抗拒。整条马路就像一片白净的海滩。白天像爬满了蚂蚁的腐尸一样的马路，现在像象牙，像玉，像玻璃。那种宽阔像原野，寂静像圣殿的景象气氛，使一个一向被吵得烦躁愤怒的都市人，涌起"感激"得想哭一场的心情。

一个摩托车骑士，深夜进入市区，忽然看到大马路呈现出白天所没有的"迷人的美"，难免激动，难免有一种跟"泪流满脸"相似的激情，使他猛地加大油门，呼的一声，把自己射出去，代替狂歌，代替手舞足蹈。

那么，我实在没有理由怨他。我应该学习体会他的入情入理的激情。我应该问候他，像对待一个朋友一样："你好，飞人！"

深夜，一支笔，几张纸，辛辛苦苦经营着一句一句的话，我不该抱怨寂寞。有一些工作，特别是"经营一句一句的话"的工作，是要在寂寞中才能完成的。事实上我也不能算寂寞，我也有同伴，他们就在窗外：那个夜航机的驾驶员，那个牙齿跟眼白都很白的拉汽笛的火车司机，还有那个心中充满激情把自己射出去的飞人。

▶ 戏剧夫妇

"倒霉倒霉倒霉！"这声音尖锐激动像唢呐。这是一个女人的声音，听起来像是："救命救命救命啊！"

我搁下笔，站了起来。写字桌旁边是整排的落地窗。我只要向它迈一步，就可以看到楼下的街景。上午十一点半的黑柏油路，被八月的太阳烤得泛起白热的晕光。整条马路像一口热锅，没有行人走过像热锅上的蚂蚁，也没有出租车开过像热锅上的甲虫。整条马路像放暑假的学校的操场，静悄悄的。下班的时间还没到，交通车队还没到。

马路上几乎一个人影儿也没有——除了两个。一个是穿红花洋装的女人，我猜想刚才那一阵像唢呐一样激越的喊叫，就是她发出来的，因为街上并没有第二个女人。她的洋装的剪裁，使人想起小镇里工资可以在三四块钱的分寸上讲价的小洋裁店。她用穿木拖板的步伐走路，虽然脚上穿的是镂空的白塑料鞋。她脸上有一种淡漠的神气，使人不敢想街树跟街道两旁线条优美的楼房在她心中会产生什么"映象"。整条马路，仿佛只不过是每天使她忙碌不堪的厨房。她很狠，很凶，是跟优雅相对的另一"极"。她像是比丈夫更能实践"生活就是战斗"的格言的那一类型的妻子。

最引人注目的是，她手里提着一个用草绳捆起来的大大的纸盒。她的神态，她的手的姿势，有一种很大的暗示作用，使人感觉到如果真有什么事情发生，问题一定就在那个大大的纸盒上。她提那个大纸盒，像提一只有病的鸡，像提一只被邻居打断了腿的狗，像提某一种"物证"。

另外一个，是她以外马路上唯一的"第二个人"，唯一的男人。这唯一的男人好像就是她的男人。他脸色焦黄，似乎夜里没有睡得很好。胡子没刮，那是对现实生活并不存什么奢望的记号，因为男人刮脸等于表示"心中还有宏图"，对现实生活有浓厚的兴趣。除了少数追求"精神价值"的不凡的男人，一般男人不刮脸，是畏缩退后的信号。

他穿的是不白的白香港衫，是裤膝掉色的旧铁灰色西服裤，皮鞋蒙尘，袜子的色泽不光鲜。他手里提的是老式咖啡色有提梁儿的公文包，圆鼓鼓的，失去棱角。他有点儿拘谨地、稍微畏缩地走在他女人身后三四步的地方。他不淡漠，他紧张。他不提皮包的那只手的姿势造成一种很容易体会的"表情"：想劝阻他女人某一项过火的举动，但是又很踌躇。

那女人站住了，正好在我办公室的窗下。她高声喊叫，声音像唢呐："倒霉倒霉倒霉！"她把声音提得更高，像是要对三十丈以外的人喊话，"为了要这五六千块的债，不晓得跑了多少趟台北。倒了，你就是不信我的话，现在全让人给倒了！一块钱也没要到，就要了这一纸盒的鬼东西。"

"好啦，好啦，听我的劝，别发那么大的脾气，伤了自己的身体。走吧，跟我回去吧。"男人过去拉她的手腕子，苦苦地劝她。

"我不要！"她的声音更尖了，激越得更像唢呐了，"连车钱都没着落，我跟你回哪儿去？这一盒鬼东西，我看了就恨！"她双手举起纸盒，向前面丢出一丈多远。噗！

"回家，回家！"男人过去拉她的膀子。

她回过头来，双掌抵住男人胸前，用力一推。那男人退后两三步。女人三步并两步跑到那纸盒旁边，用脚一踢，纸盒就翻了身，滚到路边。"我不要这鬼东西。我不要！"

一部出租车停了下来，司机从车窗里伸出头来看。又有一部出租车停了下来，司机从车窗里伸出头来看，并且点了一支香烟，冒烟的火柴杆丢在车外。有一个男人从很远的地方跑来。又有一个骑脚踏车的人在他们面前刹车，伸长右腿，支住身子。有一个家庭主妇从附近巷子里出来，又有一个提菜篮的主妇也站住了。他们成为围住那一男一女的一个弧。

那女的一弯腰，解开捆纸盒的草绳儿，抱起纸盒，向地上猛一扔。纸盒破了，里面滚出来一堆一堆的男人的短袜，一小盒一小盒牙刷，一玻璃纸袋一玻璃纸袋女人的丝袜。"这些鬼东西！我不要！"

"何苦呢，何苦呢？何必就扔了一地呢？这东西好坏也可以卖几个钱。"

女的伸长了脖子，向马路两头儿的远处看了看，似乎提防着会有某一种人出现。然后，她扭过头来，对着又增加了两三个人的观众说："好吧，卖就卖，卖几个钱买车票回家，卖几个钱解恨！"她抓起一大把男袜，往地上一扔："一双五块钱，随你挑，合意就拿走，为了解恨，明白吗?！扔下五块钱，随你挑一双袜子，再便宜不过。"

她的男人蹲了下去，打开皮包。围观的人也蹲了下去，低头挑选起男袜来了。有的挑了几双合意的，就掏出钱来，向那男人付款。男人就从皮包里拿出零钱来找。

女的又抓起一大堆牙刷，并且狠狠地撕破几个装牙刷的小纸盒，然后一股脑儿像天女散花似的向人堆里一撒："拿走！扔下一块钱拿走一把，再没有这么便宜的牙刷了，你们买便宜货，我解恨！"

她又抓起一大叠装了女人丝袜的玻璃纸袋，没头没脑向人群里一扔："连这个我也不要了。二十块钱一双，想要的现在就买走。你们到哪儿去捡这种便宜货！"

买的人越来越多。那女的口气也越来越缓和。现在，她谈的是货色的好坏，价钱的合理。她老练地应付顾客，她讲解质量，她回答问题。许多没有看到"戏剧部分"的顾客，也用一种纯粹逛路边摊的心情蹲了下来。有一个问："有没有小孩子穿的袜子？"

那女的，那路边摊老板娘，就问那用公文包放钱的路边摊老板："你不是把小孩子穿的也带出来了吗？到底塞在哪儿？"

路边摊老板说："纸盒是你捆的。问起我来？"

"好了，算了！"老板娘说，"小孩子穿的没有啦！"

看完了整个事件的出租车司机又惊讶又满意地笑着，把出租车开走了。第二部出租车也跟着走了。买完了东西的顾客也散了。老板跟老板娘收拾起撒了满地的货品，捆好纸盒，也双双地走了。从演出街头剧，到集结观众，到完成交易，历程大概是二十分钟。

我又回到我的写字桌前面，拿起了笔，在稿纸的格子里填字。不对，是在稿纸的格子里填我的思想。不过，我并没有把我的工作做得很好。我想念那一对"戏剧夫妇"。

我想到他们熟练的"默契"，我想到他们到底用什么方法来区分他们之间的"真诚"跟"做戏"。当女人高喊"倒霉倒霉倒霉！"的时候，男人心里想的是什么？当男人劝她"何苦呢"的时候，她心里想的是什么？我从上向下看他们，心里有一种"在三楼的超然"。可是再深入地想一想，就失去了那超然。我总觉得这戏剧里含有令人深思的庄严的成分。

▶　一杯咖啡

　　每次喝咖啡，我就会想起两千四百多年前鲁国的儒家青年学者颜回先生，想起他的老师——伟大的孔子——赞美他的几句话：

　　"真了不起，颜回这个人！那么一小锅饭，那么一小壶水，住那么个破房子。别人不晓得要多难过，颜回还是那个高高兴兴的样子。真了不起，颜回这个人！"

　　想起颜回先生，就会又想起两千三百多年前希腊犬儒学派的哲学家第欧根尼来，在我喝咖啡的时候。第欧根尼的思想是很"东方"的。他认为要追求"至善"的人生，就应该过彻底的"自给自足"的生活。

　　第欧根尼不愿意有"财产的拖累"，所以住在一个木桶里。他本来还有一个木头碗，是喝水用的。后来他看见一个孩子用双手"也能做成一个碗"来喝水，就干脆连那个木头碗也砸了。他大概是认为那小小的财产也很可能就是制造人间罪恶的原因里的一个。

他的故事，流传下来的有两个。

第一个是他常常白天打灯笼满街走。人家问他这是干什么。他回答说："找一个诚实人。"

第二个是顶撞亚历山大大帝。亚历山大听人说起第欧根尼的贤德，又听说他过的是苦日子，就亲自去拜访他，大概是用我们在报纸上常常读到的那种语言问他："有什么事情是我能为您效劳的吗？"

第欧根尼心目中的亚历山大，大概不会是一个"追求至善的人"，因为亚历山大追求的是"至大"；同时，第欧根尼大概也不会认为自己是"属于亚历山大所有""归亚历山大所管"的，所以就顶撞大帝说："有！你站开一点儿，别给我挡住阳光。"

这大概就是历史上最早的一次"东西文化论战"，而且结果也跟现代的论战一样，谁也没有失败。我想，在我喝咖啡的时候。

第欧根尼在这次"西方的东西文化论战"中，代表的是"西方的东方思想"。他全部财产只有一个破烂木桶，但是似乎还嫌多。他几乎可以抛弃一切累赘，只追求"至善的人生"。对他来说，"能源短缺"根本不成一个"令人烦恼的问题"，因为他的木桶根本不需要什么"能源"。

他也不会有"通货膨胀""物价上涨"的问题。他根本不用"通货"。他的木桶也从来不修理，"换新"更是谈也不要谈。

他也不必关心调整待遇的问题，他根本反对"待遇"，当然更不必谈调整。现代人所遭遇到的种种烦恼：房租、水电费、订报费、买书钱、买香烟茶叶的钱、买菜钱、电话费、药费、医治费、公共汽车钱、学费、喜帖讣闻费、一家大小的穿戴费、文具费、校车费、邮票信封费……对他根本不成问题。他追求的是"完全跟经济不发生任何关系"的"纯净的独立生活"。

亚历山大站在另一"极"。他骑着"很贵的马"，穿着"很贵的战袍"，几乎很少住在他那"很贵的王宫里"，东南西北地忙着进行很花钱的"征服"。他希望自己很有权力，希望所有的人都归他管，这正跟第欧根尼的"不管任何人"相反。亚历山大最喜欢的就是"消耗能源"，包括大地上的跟自己身上的。亚历山大歪在希腊式的很贵的大理石卧榻上，用很贵的酒杯喝很贵的酒的时候，"酒的水面上"一定会映出他那英俊骄傲的笑容。他一定会在心里"骄傲地想"："你看我亚历山大把这一片大地弄得多热闹！"

　　这个西方的"西方文化"的代表，带着整个帝国，来拜访"只有一个破烂木桶"的西方的"东方文化"的代表，怀着"自豪的善意"问他："有什么事情是我能为您效劳的吗？"心中当然是有优越感的，但是没想到碰了一鼻子灰。

　　第欧根尼几乎是带着不屑的神气回答的："有！你站开一点儿，别给我挡住阳光。"

　　过惯"夜生活"的亚历山大，听了这句话当然会很扫兴。不过这个"一生只有短短的三十三年"的青年帝王是个"有慧根"的人，他对这个"活了九十岁"的长辈怀着敬意，并没有立刻派人把"木桶里的家伙"抓起来，他反而在"让出阳光"以后，长长地叹了一口气说："如果我能够不是我这个亚历山大，我倒愿意我是第欧根尼。"

　　这个绝顶聪明、聪明绝顶的青年帝王总算弄清楚了：拿他的帝国来比第欧根尼的木桶，第欧根尼简直是个可怜虫；可是拿第欧根尼的充实来比他心里的饥渴空洞，第欧根尼等于有一个最大的帝国，他自己却只有一个小小的木桶。

　　他们两个谁也没有失败，谁也没有胜利。东西文化的本质本来就是这样。西方有"东西文化论战"，东方也有"东西文化论战"，甚至每个人，不管是东方人还是西方人，心里也都有自己的"东西文化论战"。在我喝咖啡的时候，我这么想。

一天晚上，我给自己安排好了要写稿，跟太太详细说明了"我并不是生病"以后，在双方都放心的情况下，八点钟我就爬进了我的"大摇篮"，对于"写稿生理学"跟"写稿心理学"我是很在行的。一篇稿子写得成写不成，全靠两个条件：第一，"写前睡眠"一定要充足，等睡走了大脑中的"疲劳素"以后再爬起来写，"好主意"就会特别多；第二，最好是深更半夜开始写，那时候四周寂静，心中安宁，离天亮又远，可以不慌不忙。

谁知那天半夜醒来，纸已经铺好，笔已经出"鞘"，只缺到厨房里去做一杯"速溶咖啡"，偏偏找来找去，忘了我把那一小罐咖啡摆在哪儿啦。一个人"形单影只""孤苦无依"地足足找了一个钟头，才在"我第一次找过的地方"找到了。看到时钟上的短针已经在我找咖啡的时候走了一格，我心疼得不得了。

我忽然想到，我为什么要把我的"写稿配备"弄得那么复杂？本来是连一点儿润嗓子的东西都没有的，后来发展成一杯开水，后来又发展成一杯酽茶，再后来更发展成一杯浓咖啡。如果任它这样发展下去，恐怕就会有那么一天，写稿的时候非有一斗酒、四碟小菜不可了。到了那个

时候，我就得花很多钱雇用一个"白天睡觉"的厨子，半
夜三更来把我喊醒："先生，写稿的酒菜都齐啦！"

　　那时候，我写一篇稿子的"费用"，恐怕得有十篇稿
子的稿费才付得起。这是很不合"写作经济"的。

　　美国的杰克·伦敦在艰苦奋斗的阶段，写稿只要"一个肥皂箱"。可是等到他写《狼子》成名，赚了很多版税以后，写稿的时候就得有"一座别墅"。没有"别墅"，他就一个字也写不出来。

　　"应该过最简单的生活才对。"在我喝咖啡的时候，我这样想。

　　那天晚上，如果不是为了那一小罐"累赘咖啡"，我不是早已经打开思想的喷泉，"水花四溅"地写起来了吗？

　　我想到颜回这个了不起的青年学者，我想到希腊犬儒派哲学家第欧根尼，在我"不拿笔的左手"端着一杯咖啡的时候。

▶ 在房顶上散步

英语里的"天空线条",语词造得马虎,但是所指的东西很美。

这种"天边轮廓线",表现得最出色的,是在暮色里。"城市之鼠"在"金乌鸦"下坠,"玉兔子"还没升空的时候,向西天,就可以看到它,看到这"天边轮廓线"。所有的建筑物都"黑"了,建筑物上大大小小的"金色四方"还没"亮"起来。剩下一点儿微光的西天是背景,衬托出一块块黑色的"大积木",在"明"跟"暗"的交界处,那一条"说出了多少事情"的线条就出现了。

就像是一幅梁云坡的剪影。那一条在天边出现的轮廓线,像一条"无限长"的"有灵性的蛇",你看到哪儿,它走到哪儿。

这条通灵的蛇，一边走一边"画"，随着你的视线，"走"出都市里一座座"人造山"的轮廓来，"走"出电台细瘦的铁塔来，"走"出瓦斯公司"戴帽子的大圆桶"来，"走"出许多小豆芽菜似的电视天线来，有时候还很难得地"走"出一丛丛的"树梢"来。

这一幅剪影是很耐看的，因为那一根多彩多姿的线条勾出来的是你最熟悉的景物的轮廓。它带着温情，领着你，让你对最熟悉的景物的真正形状，做"每天一次"的总温习。

有时候我会说："那座供给几百个人在空中办公的大楼原来是四方形的！"

有时候我会提醒自己："消防队大楼的房顶上，有一座方形的塔！"

有时候我会惊讶："科学馆是戴斗笠的呀？"

有时候我会想到，好几座雄伟壮观的"人造山"，都是我亲自带孩子去"爬"过，而且还"坐"电梯在它"肚子里"升升降降的，心中就涌起一阵"自豪"感。

有几块"大积木"，里头住的就是跟我关系密切的朋友，有的住二楼，有的住五楼。我当然说得出他们的"真正的名字"，但是我想到的是我对他们真正的称呼。

有的是共同被"点过名"的同学，所以我对他们的称呼永远是连名带姓的。但是这种称呼只限"远呼"；在面对面的时候，"连名带姓"反而显得"疏远"了。那时候，就只有采用一声"喂"，或是采用"我说啊"这个含有"发语词"性质的短语了。

有的是我永远喊他"老什么"的，有的是我永远喊他"什么先生"的，有的是亲切到我可以"戏称"他"什么公""什么老"的。有一位姓周的朋友，我永远喊他"周公"；有一位名叫"步高"的朋友，我永远喊他"步老"。

"天边轮廓线"不是也可以叫"房顶轮廓线"吗？虽然"范围"窄了一点儿，虽然好像忽略了"树梢"，但是这么一转换，好像更亲切了。那么，每天黄昏我在暮色里"重温"那一条可爱的"线"的时候，我的眼睛，不是很像"在房顶上散步"吗？

我不是一个有"每天黄昏出去散散步"的"福气"的人，我的"制造袅袅炊烟"的"最亲密的同伴"也不是，我的"每天背着五百斤重的书包"，"一回家就直奔书桌"的孩子也不是。因此，我只有在"匆迫"中"抢"一刻的时间，在院子里"抢"一"角"立足点，面向西方，眼睛像写草书，在熟悉的房顶上匆匆散散步。

在我"散步"的时候，偶然也会走出"时间"跟"空间"的界限，散步到"过去"，散步到"故乡"。我的记忆里有许多许多的"房顶轮廓线"，有的在故乡，有的在童年。

小时候，在故乡厦门，我们的住家挨公园边的钟楼很近。我们住的那一带地方，一向"被"泛称"钟楼脚"。我们的家在那座高瘦的钟楼东边。每天黄昏，我用"童话眼睛"凝视西边的天空，除了疏落落几块"大积木"，我看到"锯齿形"的旧城堞。我看到城堞像花边装饰着钟楼。我看到钟楼表现出无比的勇气，直立在风中，像方形的烟囱。我看到龙眼树梢，一丛一丛。

我看着，凝视着，用眼睛顺着美丽的轮廓线"描红"，学习"画"我的家乡。我当时确实想到过："我将来会变成一个什么样的人？"就像我现在也常想到的一样。我是相信命运的，从小就是这样。我的意思是说，在"不可测"的命运里，藏着许多"可喜的变化"，我对于我会怎么"被变化"，怀着极强烈的好奇心。

我是很不"现实"的，我不认为"现实"能说明什么，但是我相信"努力"。"努力"是"祈祷"，"努力"是"咒语"，"努力"是"催化剂"。"努力"是一种神秘的药粉，撒在"现在"，只要用"不等待的等待"的态度去等，"命运的奇妙结晶"就会出现，在不久的将来——不过那结晶体的可爱形状，往往是你所没法子预测的。"命运"不是"化学"。

　　"房顶轮廓线"常常使我觉得自己跟"人类经营的这一片地"非常接近，也常常使我想到神秘的将来、神秘的命运。

　　在那神秘的气氛中，我沉默像一棵树，往往是钟楼"六点"的钟声，把我从沉思中唤醒，把我由树变成人。离家这么多年，那暮色中的"暮钟"，那声音，仍然会引起我的怀念。一想到那钟声，心中就会呈现一片"宁静世界"，呈现一片幸福心境，"童年"永在心中。

　　我恰巧想到，这可爱的钟声，也曾经使我对《枫桥夜泊》产生很大的误解——很"大"，但是也很"美丽"的误解。

　　"姑苏城外寒山寺，夜半钟声到客船"，在我行过"冠礼"以后，才知道说的是：寒山寺的夜半钟声，一声声传到"客船"里来，使船里那个"旅人"，心中泛起了哀愁。

　　但是我初读《枫桥夜泊》时还很年轻，心中有"海关"意象，海港意象，因为厦门故乡本来就是一个良港。

　　我读的时候，心中出现一幅黑白版画，出现一条美丽的"天边轮廓线"：有山影，亮亮的江水里有船影，画幅的一侧有陡峭的山坡影，山顶上有寺影、树影。

　　那钟声，那"当当当"的信号，在我的心中，是值夜的和尚向全寺报告"载满了观光客"的"客船"到达了！那钟声，是值夜的和尚的"古代的麦克风"，向满船的观光客致意："欢迎大家到寒山寺来观光。这是我们寒山寺最大的荣幸。"

我把那两句诗，看成一个使旅人心中泛起暖意的"夜半欢迎仪式"，就像夜航客机抵达某一个"好客"的、重视观光事业的国家的国际机场一样。

我对我的"美丽的误解"并不觉得惭愧。

这些年来，我办公的地方一直是在"空中"，过去几年是在"三重天"，这两年是在"二重天"。我工作疲倦的时候，会扔下笔，抬起头，望着窗外，就在熟悉的房顶上"散步"一会儿。

现在，我所能看到的"房顶轮廓线"是简单的，没有什么"变化"的：一条横线，然后"跌落"一级，又是一条横线，尽头是棕榈树梢。

虽然只有这么一点点，我也觉得非常满足了。我经常"散步"到棕榈树梢那儿，就忍不住多逗留一刻。这是因为我想到一个诗人的句子："树的舞蹈是很值得看的。"

▶ 再见，旧书街

有一次，我选好了一本语言学的书，十八开本，封面是桃红色的图案，白色的书名，咖啡色的"作者"，咖啡色的"书局"。那是一本九成新的《应用语言学》。拿在手上掂掂斤两，大概要花五十块钱。

"你喜欢这一本吗？"年轻，按中国人的标准来说是属于瘦小型的老板说，"你在这儿等我一下。"

他把"整堵墙"的旧书摊交给我跟我的太太，从两棵挂满"气根"的丑榕树中间跑上马路，到了对面的楼房，爬上楼梯。一会儿，他又从原来的楼梯下来，手里拿着一本桃红色的书，穿过马路，从两棵挂满"气根"的丑榕树中间跑回旧书摊来。

"这一本是全新的。你就拿这一本吧！"他喘着气，

像一部停下来的不熄火的汽车，一边"拉着风箱"一边说。他像一个矮小的高中学生，在教室里必定坐前排，在军训课里必定站在"队尾"。他的身材不适合打篮球、踢足球、抱橄榄球，但是在田径场上大概不会吃亏。

"多少钱？"我很感激。

我的太太也很感激，因为这是她第一次陪我走进"灰尘的世界"，第一次就看到我买到一本没有灰尘的书。

"你给我三十块钱好了。"那个有"跑马场上骑师的体型"的年轻老板说。

"你就住在……"我问。

"对面二楼。"他说。

他住的地方不错，可以"俯瞰"牯岭街。他住的地方不错，楼下是一家西饼店。风景好，气味好，从他二楼的窗户向下看，满街是书生。他的床边，他的饭桌边，大概都堆满了旧书吧？会不会有很多老鼠？老鼠是最喜欢旧书的。

"家里都有谁？"我问过他这句话。

双亲、哥哥、嫂子，他告诉过我。

我跟他特别有缘。我也曾经静坐思量我的美质，我差不多找到了答案。他所以喜欢我，大概是因为我是一个"不俗气"的读书人。俗气的读书人都有"知识的傲慢"，胸中只有堆栈，没有海洋。我的美质是我的老师"传"给我的。知识也会使人腐化，使人堕落；它使人腐化到目中无"人"，堕落到失去了"恢宏的气度"。我的老师"传"给我的是恢宏跟谦卑，是超过"知识"的一个更高的境界。

我所受的良好教育，使我不至于成为一个"仅仅能体认到知识的无边与伟大"的"小"人；我是老早就知道"知识的有限跟渺小"的"大"人。我所学到的是"珍惜那有限的""尊重那渺小的"。我喜爱那琐琐碎碎的知识和技艺，实在是因为人类那"一点一滴"得来可真不容易！在我的心目中，这个"高中生老板"跟欧阳修一样应该得到我的尊重。欧阳修的历史的知识，跟年轻老板的职业的知识，对我一样有用。

我并不因为欧阳修对社会国家的影响力大，就对他"很有礼貌"，年轻老板对社会国家的影响力小，就"适度地对他不礼貌"。这不是君子待"人"的良好风度。如果欧阳修竟敢用"适度的轻视"的态度对待我的年轻朋友，我甚至会很理智地跟欧阳修"疏远"。

年轻的老板常常指点我哪一种书该到哪一"家"书摊去买。他常常指着某一个肥皂箱说："你'看看'看，这些书是新到的。"

有时候他老远地就站起来等我，脸上带着笑容，那是因为他买到了一批"完全没人摸过"的旧书，要我"看看"看。有一次，我就是这样买到一本全新的有彩色插图的18世纪英国小说家亨利·菲尔丁所写的小说《汤姆·琼斯》。他只跟我要四十块钱。

我跟他建立了"并非仅仅建立在书籍交易的基础上"的友谊。他常常不付稿费地叫我帮他翻译书名，也常常把好书很便宜地卖给我。我的意思是说：我们已经互相"请客”了。

有时候，我逛书摊，忽然想起一个字，就很方便地在他的书摊上“查起字典”来，“运用起百科全书”来。他的书摊成为我的“路边的资料室”。这几年来，我有很多“知识”就是从那个“榕树下的肥皂箱数据室”得来的。

他不是一个爱说话的“孩子”，但是见了我这个一向不养“威”的人，他觉得“自由”。我是因为没有自卑感，所以很少耗费精力在“养威”上，这使我有很好的机会去跟“真知灼见”接近。他把他的职业的甘苦都告诉了我。

“他们常常把地址写给我，叫我到宿舍去买书。”他说。

他买的是出国大学生的藏书，一次买一个人的“四年来的全部藏书”。他把书搬回书摊，还来不及打开，常常就被另外一个“同一个科系”的学生全部买走了。他把这个叫作“批发”。

“我常常批发。”他说。

有一次，他一个上午“同时”买进两批书：一个就要出国的英语系副教授的一批藏书跟一个就要出国的英语系学生的一批藏书。看了那一大一小的两堆书，你就很容易知道为什么教授是教授，学生是学生了。后来，副教授的那一批书被一个很“贪心”的大学生买走了，大学生的那一批书也被一个很“贪心”的高中学生跟他爸爸买走了。

"钱不算什么。"他说，"他们买到书都是欢天喜地的。"

他是最了解"爱书的人"的，我想。

他给我"最深刻的印象"的一句话是下面我就要提到的。

"赚钱多吗？"我问他。

"多。"他相当自豪地说，而且很明显地是单指他自己说的。然后他接着这样说："这都是感情。我平日卖给他们的都很便宜，后来他们整批卖给我也很便宜。"

他入伍的年龄到了。有一天，他告诉我："我要去当兵啦！"

我说那很好。他又说，将来这摊子由他哥哥嫂子代管。我说那也很好。但是他回答说："哥哥嫂子是外行，恐怕做不好。"

不久，他入伍去了。自从他入伍以后，他那书摊就成了"画在墙上的一幅图画"，再也见不到那"后浪推前浪"的兴旺气象，竟成为一个"没有什么新书的旧书摊"了。

我每天上班下班，虽然可以抄近路，但是我总喜欢沿着那一排榕树慢慢地走着，在书堆里散步，跟亲切的老板们打招呼；甚至连一个"养威"很重，一脸横肉的老板，也已经"开始"会绷着脸，瞪着"愤怒的眼睛"跟我点头了。这一条"旧书街",慢慢地在累积"历史的光荣",总有一天会成为一条"闻名的老街",成为我的回忆录里不朽的一页。

我的惆怅是从年轻老板的离开开始的。接着,使我更难过的事情发生了,那就是整条"旧书街"的失踪!"它"搬家了。

我固然很喜欢洁净的街景,但是我知道这洁净是"凄清"的。我心中涌起"悲壮"的坚强,那是"失去了最爱的亲人"的人心中常有的那种坚强——也许别人会替他伤心,自己却不落泪的那种"结晶"了的坚强。

▶ 时间的脚步声

　　童年，有一次半夜醒来，听到"时间的脚步声"像听到巨人的脚步声，心里非常害怕。

　　那一天半夜里，不知道是什么原因，我忽然醒了。我很不愿意在那个时间醒来，因为那个时间不是小孩子该醒的时间。白天，我所看到的家，是父母亲精神笼罩下的家。家里所有的家具，所有的门窗，所有的墙，都染上了一层温暖的父母亲色彩。一切都是可控制的，一切都归父母亲所控制。我的桌子，我的椅子，我的玩具，都很驯良柔顺，都不敢跟我捣鬼。一切东西全归我父母亲指挥。凡是父母亲镇压得住的一切东西，都不敢伤害我。我是我父母亲的孩子。我是家里一切东西的小主人。我是安全的。

　　但是半夜里醒来，情形就完全变了。父母亲失去了对一切东西的控制力。他们连自己都顾不了。我看到他们败在睡神的手下，败得很惨，完全失去了抵抗的意志，失去了知觉。家里一切东西，一下子都露出狰狞的本来面目。

失去了控制的大桌子，失去了控制的大摇椅，失去了控制的门，随时都可能对我做出无法无天的事情来。这一群可怕的劣马！

更可怕的是，在父母亲都"失去知觉"的时候，出来控制整个房子的，是另外一个"人"。这个"人"我看不见，但是我听见了"他"的脚步声。那是一种很教人害怕的声音：嘀嗒嘀嗒嘀嗒嘀嗒……

那个"人"越走越近，越走越近。近到我准备高声喊"爸"的时候，那个狡猾的"人"马上就掉过头，越走越远，越走越远。"他"一会儿近，一会儿远，但是总在这屋里。

最后，我实在没法儿忍受了，就跳下床去，光着脚在地板上跑了五六步，扑倒在对面大床的父亲身上，颤声说："'他'来啦！"

父亲醒了，赶快抓起眼镜来戴上，搂着我，笑着，轻轻地说："不会有谁来的。这是我们的家。"

母亲也醒了。父亲跟母亲说："孩子受惊了。"

母亲也跟我笑一笑，说："屋里多静，屋里多平安。"

父母亲一醒，屋里热闹起来了。所有那些面目狰狞的

家具，又变得很驯良柔顺了；那可怕的嘀嗒嘀嗒的声音，好像也听不见了。

几年以后，我的身体跟我的胆子都大了一点儿。有时候半夜醒来，听到那清晰的时钟走动声，心中就充满了幻想。

我把那声音想象成一列火车。咔嚓咔嚓，从很远的地方来；咔嚓咔嚓，到很远的地方去。我自己就在那火车上。我搭那一班夜车，要到很"遥远"的地方去旅行。车厢里灯光明亮，我坐在椅子上"赶路"。火车走过黑暗的原野，像一条金蛇游过黑暗的池塘。

我也把那声音比作一"师"军队，正在演习夜行军，不但不"衔枚"，而且把脚步"踩"得很响。沙沙，沙沙，沙沙，沙沙。"跑步，跑！"沙沙沙沙沙沙沙……

我自己就在那军队里，我是整体的一部分。我很勇敢，参加了出征的行列。

我一生只失眠过一次，那是在大学里一次大考的前夕。有一个科目，是我平日喜欢的。温习过后，忽然起了贪心，认为自己有把握考一百分。又想，要拿这一百分，就得早早去睡，养足精神，免得第二天因为睡眠不足，精神涣散，丢三落四，出了岔子。

在精神最兴奋的时候，决心不经过"冷却"过程就马上去睡，这是"失眠人"失眠的原因。我的灵魂的窗户里，整夜亮着灯。床边小桌上闹钟走动的声音，折磨了我一夜。我现在还记得闹钟说的是："毫无问题？铁定出错！毫无问题？铁定出错！"

我是在别人准时起床的时候才油尽灯枯地"睡倒在枕头上"的。几乎也就在同一个时间，闹钟响了："琳琅琳琅琳琅……"

那一次考试，我的考卷成为"语文程度低落"的铁证：错字，别字，"落字"。我的成绩是差三十分一百分。

这几年来，日子一直在忙碌中度过。想做的、该做的事情，越来越多。我的耳朵敏锐到"随时随地"都可以听到"急切急切"的"时间的脚步声"。

在饭桌上，那声音成为"快吃快吃快吃"。

在路上，那声音成为"快走快走快走"。

在办公桌上，那声音成为"快做快做快做"。

我像童话《小飞侠彼得·潘》故事里那只把闹钟咽进肚子里去的鳄鱼，我到哪里，那声音也跟到哪里。

我觉得世界上所有的表，所有的钟，都越走越快了。尤其是抬起左腕，把表放在耳边去细听的时候，那声音"急切，急切"的，使人心慌极了。

我怀念古代的"更漏"，那是无声的。那时候，这"百代的过客"穿的是软底鞋。他走他自己的路，不干扰人类的情绪。

"时间的脚步声"是应该加以美化的。我赞成一切美化"时间的脚步声"的努力。

咕咕钟是一个。咕咕钟在时间到了某一个"钟点"的时候，让布谷鸟出来叫一叫。可惜这种方式，美化的只是火车到站发出的汽笛声，我更关心的是那使人心烦的车轮声的美化。

一个大都市里有数不清的钟，数不清的表。这些"以百万个来计算"的钟钟表表在走动的时候，必定会声势浩大地震动我们身边的空气，形成一种使人心烦，使人急躁的节奏。我们的情绪，大概已经受到这种"潜在"的声音的干扰，所以现代人都容易心烦，性情急躁。驱除了那可怕的急促的"潜在"的声音，很可能就等于解除了现代人最大的"痛苦"。

我们赶快发明"灭音钟"吧！让现代的精确定时器也穿上软底鞋吧！

我们应该把钟和表制造得像太阳，像月亮。太阳指示时间的变化，月亮也指示时间的变化，但是太阳跟月亮都是静静的。

如果每天早晨太阳出来的时候，震耳欲聋的"咔嚓咔嚓"也跟着来；如果每天晚上"月上柳梢头"的时候，空中也发出阵阵的"咔嚓咔嚓"，那么，我们的日子就不好过了。

▶ 放走一只苍蝇

　　我一向认为苍蝇的相貌是可怕的，因为它脸上那两只大眼睛几乎占了"面部面积"的三分之一。不过我对戴"巨人型"大太阳眼镜的女孩子并没有一丝恶感，虽然我"相信"设计这种太阳眼镜的人是从苍蝇的"脸"得来的灵感。

　　大太阳眼镜给我的印象是率真、"对人无害的任性"跟"这个可爱的时代的幽默感"。像看到玮玮穿妈妈的大高跟鞋一本正经地在家里忙着一样，我看到戴大太阳眼镜的女孩子就想笑，笑她真懂得享受"现代设计师的奇想"的乐趣。

　　苍蝇的眼睛构造像"石榴"。它那有名的"复眼"，是由几千个小眼睛组成的，所以每一个大眼睛，都能在"同一时间"感受到"由各种方向来的光影"。看东西的时候，它的大眼珠可能是一动不动的，大眼珠里的几千个小眼珠却在各种"有利的角度"上"放哨"。人类含恶意的手的动作，逃不过苍蝇的"视线"。

日本的《宫本武藏》电影集里，有一场戏，演的是宫本武藏在吃饭，突然用筷子夹住一只在空中飞行的苍蝇，把守在附近等着找机会害他的一群"坏人"吓得不敢出手，悄悄溜走。这真是天下第一"快手"，也是最有效的"吓阻"。

一只苍蝇如果不幸被人捉住，问题一定不在于它的眼睛，毛病一定出于它的翅膀。它"眼明手不快"。

所有的"眼睛"都仰慕亮光。亮光给眼睛的主人"安全的感觉"。苍蝇来，一定是为了某种气味来；苍蝇走，一定是走向亮的地方。它接受"光的指引"。"光"是自由，"光"是更广大的空间。

不止一次，我看到"想走"的苍蝇在窗玻璃上找出路。"玻璃"是超出苍蝇"知识的极限"的一种"存在"。这种事情，常常使我"陷入沉思"。人类的经验里，也有许多是超出"知识极限"的，所以人类往往有"玻璃上的苍蝇"的那种"迷惘感"。有时候我不得不同情苍蝇，原因就在这里。

"这是玻璃。这是拿二氧化硅跟一些别的原料制造的。这不是空气的结晶，也不是空气忽然'变得很硬'。"我很想用嗡嗡嗡的"苍蝇语"这样告诉它。

我也见过苍蝇"贴"在客厅的纱门上一动不动。它受到"光"的指引，但是它被"铁丝网"挡住。"网眼"太小，它钻不出去。

"这是尼龙纱门。这是……"我想说。

"人造纤维的网／阻挡了／六脚的飞行者／对光之探寻。"也许现代的"现代诗人"会用这四行可怕的"晦涩语"来描写这件事吧。现在流行的文学的"单行道"主义，向来是不理会读者"逆溯的可能性"的。

"为鼠常留饭，怜蛾不点灯"，我相信我不可能为了同情苍蝇，经常在客厅的茶几上摆一小碟白砂糖，让苍蝇用"口水"把糖化了，再用它那根有名的"吸管"去喝糖浆。我只能做到把所有的苍蝇都关在纱门外，不让它们进来。我是"隔离主义者"。

我跟苍蝇的"不和谐的关系"，常常给自己带来烦恼。我的意思是说：我不能跟苍蝇"和谐相处"。一只苍蝇进了屋子，对我来说，等于一只老鹰进了屋子，我会非常不安。话说到一半，我会忽然"接"不下去。我会放下任何事情来注意这个"突发事件"。

我非常不喜欢苍蝇落在我的鼻尖上。要是真有一只苍蝇很不客气地拿我的嘴唇做它的临时"机场"，我的心情会突然紧张。每次看到别人拿手掌当小扇子，在食物的上空挥一挥，做出"苍蝇，走开，不许胡闹"的优雅动作，我就非常羡慕。

我是一个"乒乓球人"，右手受过长期的击物训练，动作相当精确，常常能在紧急情况中接住下坠的茶杯，所以使用苍蝇拍是不会有任何困难的。苍蝇拍在我的手里，苍蝇就会成为我的"乒乓球"。啪！

不过我实在不愿意那么做。在小饭馆儿里，我确实遇见过能做这种事的好手。他百发百中，一"拍"一个。他的苍蝇拍子同时也是小扫帚。他每"做"完一个，就用苍蝇拍轻轻一拨，把"停止呼吸"的苍蝇拨落在地上。虽然他是"充满好意"，但是我婉谢他"到我桌上来服务"。我的理由是：脏就脏一点儿，不要再弄得"更脏"。

我家里的塑料苍蝇拍子，通常是用来赶苍蝇的，是"赶"的工具，不是"拍"的工具。我说过苍蝇也是仰慕"光"的，所以把苍蝇赶到纱门上去并不困难。纱门外是一片"光的世界"，苍蝇很自然地会飞向那"迷人的亮光"。它落在"人造纤维的网上"，向外张望。

我只要轻轻把纱门往外一推，苍蝇就会发现那是"网开一面"，即刻起飞，欢天喜地地沐浴在"光的海洋"里。

纱门是一家人进进出出的"交通要道"。孩子们到院子里去，或者由院子回到客厅，都喜欢玩门上的弹簧，有意地"弹"纱门，当作一种"家庭生活乐趣"。砰砰砰，纱门整天响个不停。我不得不承认，那声音确实很好听，听了确实使人心里温暖，使人体会到孩子们"日子过得很高兴"。

但是我也知道，每一声"砰"，都可能掩盖住一阵不容易察觉的苍蝇的欢呼："嗡嗡嗡，我进来了！"像第一个买票的小孩子冲进一个"观众"也没有的大电影院那么兴奋。

有时候我猜得不错，果然有一只苍蝇"降落"在我的书桌上，在玻璃垫上"抓耳挠腮"，跑来跑去，飞飞停停，每一件小摆设它都有兴趣，每一本书它都要看看。

一只苍蝇对专心工作的人会造成多大的骚扰，这是别人很难体会得到的。它会使你心烦，使你不安，使你思想没法子集中。它太活泼，没有一分钟安静，在你的眼梢晃来晃去。

如果你"欺骗"自己，说你可以不去理它，那么你迟早会发现你付出的代价有多大。你的工作越来越不精确，你的思想越来越涣散，你的效率越来越低。到了最后，你会觉得一切的一切好像都出了问题，你没法子再继续工作下去。

我有这种经验，不止一次。因此，只要这"六脚的飞行者"一进了屋子，我就会"很聪明"地放下工作，随便抓一样东西当扇子，站起来赶它，一直把它赶到纱门上，推开纱门，把它"放逐"了。

"怎么啦？"孩子、"妈妈"总会这样问。

"放走一只苍蝇。"我总是这么回答。

一家人对这种事情逐渐地"司空见惯"了，对这样的一问一答，也逐渐地"司空听惯"了，再也没有人把这样的事情看成"不正经的事情"了。

骚扰我工作的"苍蝇"，不止一种。另外还有一种无形"苍蝇"，那就是跟我手头的工作无关的"杂念"。这种叫作"杂念"的苍蝇，进入我的"思想系统"像进入我的客厅。"杂念苍蝇"的破坏力比"六脚的飞行者"更大。我也已经养成了习惯，"杂念苍蝇"一到，我就照样起来，照样走到客厅的纱门边，照样开一开纱门，再让它弹回来。大家照样会问："怎么啦？"

我照样会回答："放走一只苍蝇。"

当然，在我这样回答的时候，只有我自己才知道我放走的是哪一种"苍蝇"。

▶ 绿色的三分之一

这是家里唯一的"大自然"，除了它的怀抱，我们再也没有其他地方可以"投入"了。整天在水泥、玻璃、铝的世界里忙着，在疲倦到极点的时候，我们就睡在水泥、玻璃、铝的世界里。我们的思想像水泥那样容易硬化；我们的意志像玻璃那样脆；我们的感觉像铝，只要遇到潮湿就失去了光泽。

只有小院子，只有小院子里的一点点生机，使我们不至于完全变成我们所发明的工业品。水泥、玻璃、铝，多枯燥的水泥、玻璃、铝呀！

小院子里的"大自然"，也只占院子总面积的三分之一，所以我们所爱的"家里的大自然"其实是很"小"的。其他的三分之二是讲究的磨石子地，充满"现代"美质：

现代的平坦，现代的干净，现代的硬。

苦恼的现代人只有在成为百万富翁的时候，才敢梦想家里有一片绿地。为了解除"对大自然的饥渴"，他们通常在刚熬到成为"一万富翁"的时候，就赶紧买一部电视机，然后写信给杂志社的"看电视"专栏，希望电视公司多播出一点儿"充满大自然之美"的节目。我们的小院子里能有那小小的"绿色的三分之一"，实在已经够有福气的了。

就算依着现代人那种"乏味的习气"，给那可怜的"三分之一"列一张财产目录，它仍然会洋溢着"画意"，令人动心：一棵爬墙的紫藤，一株圣诞红，一盆海棠，三株变种百合，一棵侏儒柏树，一盆"一串红"，再加上茂盛的绿草。

目录里的这些"财产"都很绿，绿极了。每天早上我从这个水泥盒子里出来，匆匆忙忙地要"赶时间"到另外一个水泥盒子去上班的时候，必定要经过小院子去扭开大门的碰锁。我伸出不提○○七的那只手，老练地扭动碰锁，拉开大门，门框像画框，画里又是一片水泥世界的景象。我一皱眉，发觉眼梢有"绿意"，稍稍扭头，就看到那可爱的"三分之一"。

我从一片叶子看到叶子旁边的叶子，叶子再过去还有叶子，造成一片"叶海"。虽然手里提着"装满现代人的烦恼"的○○七，虽然身上穿着大量制造的"蔑视个性"的夹克型港衫，我在一刹那间天真地把自己变成庄周梦里那只小蝴蝶，虽然短暂，却很悠闲地落在一片叶子上休息。我享受叶子在空气中的浮浮沉沉，像江里的渔船。我听风中的叶声，看片片绿叶在晨风里的连锁反应。我是一只白蝴蝶，万绿丛中一点白。

这一个绿色世界里有一个故事。它是美的故事，爱的故事，也是家的故事。

紫藤是"妈妈"种的。她种紫藤是因为我说："在童年，在我的老家，有一个门，门亭上爬满了紫藤，紫藤开满了紫花。"一定是我的话里含有"叹息"的气息，所以她在奔忙的生活中，竟然能从"家——办公室——菜市场"的"循环系统"里，挤出几分钟珍贵的时间，买了一棵根部有一个大土球的紫藤回家，细心地种在墙下。

这一棵紫藤长得很慢，简直是不长。我们希望它能像华特·迪士尼《自然奇观》影片里的植物，计秒生长，但是它并不那样。直到后来我们这一群"城市之鼠"忙忘了，完完全全把它交给"时间"，它才奇迹似的很快地生长起来，像华特·迪士尼的"过程镜头"所显示的那么快。

人为生活奔忙的时候，时间是不值钱的，时间是不存在的。现代人都有"一掷三年"的那种豪气，人的精力衰退得非常快。我们滥用跟化学药剂一样有毒的"速度"，用一小时的时间通过从前要用十天才能通过的距离；用一天的时间，去做从前十天才能做完的工作。我们用"速度"消灭了空间，也消灭了时间。我们满头白发，满脸皱纹，气急败坏，精力枯竭，一手按着有病的胃、有病的心脏，忍受着关节的疼痛，奋然高举另一条麻木的胳臂，欢呼"速度万岁"！

紫藤的"慢速度"是我们所无法忍受的。我们所喜爱的是大工厂一天可以生产十万株的塑料紫藤吧？这棵紫藤按着大自然的节拍，缓慢然而出色地生长着。在我们被"速度"折磨三年，除了得到不治的"焦躁"，再也没有什么值得自豪的时候，它却有了"值得骄傲"的成绩。

它已经爬过半个门亭，用绿色柔嫩的叶子，遮盖灰色坚硬的水泥，而且还开了花。它使我们享受在绿叶下进出的生活美趣。我真的有了"在童年，在我的老家"的那种门，有叶子的门。

那棵圣诞红，那棵不守时的圣诞红，不是在家里还没买圣诞树的时候就开花，就是在《平安夜》的歌声早就停息了的时候还不开。但是它每年总是开花的。花开的时候，就会给生活在"矿物化世界"里的玮玮一点儿快乐。"圣诞红又开花了!"她会把花的信息告诉关在屋里的一家人,使大家放下手边的工作,停下来,想一想,至少像怀念家乡似的在脑子里描绘一下圣诞红开花的模样。

从经济的观点来看,圣诞红是跟"收入"无关的。大家所以喜爱它,大概是因为它能给人一种陶渊明所体验过的最深的喜悦。在台风来的时候,我跟"妈妈"穿着雨衣仍然全身湿透,站在风雨中用细铁丝,用粗绳子去绑它,去救它像救人。我们宁愿蒙受一百块钱医药费的损失去挽救六块钱的小树,这是因为它在"情趣银行"里的价值完全不是台湾银行的价值观念所能衡量的。给"无价"定价,它值一万块钱!但是我仍然不相信一万块钱能替赛珍珠《大地》里的王龙跟阿兰买回他们结婚那天早晨合力种的那棵桃树。

三株变种百合,是玮玮所说的"白喇叭上滴了好几滴红墨水"的那一种。

那个星期天,"妈妈"要去买菜,我也换好了衣服,提起塑料菜篮,她伸手来接,说:"谢谢你。"

"不是。"我拿开菜篮说,"一起去。"

"好。"她笑了笑。

"好。"我说。

在市场里,她买,我提。我们买要在饭桌上吃的东西。

熟悉的菜贩招呼她买新鲜蔬菜，我也跟菜贩点点头。菜贩用"致意"的眼神看看她，我读得出那语言是："先生就是他？"是语法上的"领悟问句"。

走出市场，经过一家跟人造冰店合用一个铺面的花店，我们参观了一下，就买了三个"洋葱头"回家来种。这三个"洋葱"，就是现在这三株变种百合——"白喇叭上滴了好几滴红墨水"。这种花"花开并蒂"，必定成双，花朵背挨着背，像挂在十字路口电线杆上传播空袭警报的四向扩音器。这种平凡的"奇花"开放的时候，一家五口全体到院子里去向它致意。这是家里的大事。它一开放，家里五个人就会暂时抛开各自的心事，至少团聚一次。

还有那一盆"巨人"海棠，还有那一棵"侏儒"柏树，还有那一盆"透过盆底的洞"向地下扎根的一串红，它们都是故事，一读就使人动心的故事。

我重温那些故事，我从"蝴蝶梦"里醒来，我不过只"浪费"了一分钟，但是我从这一分钟里所品尝到的人生的意味，比其他二十三小时又五十九分钟里的还多。不过不必庆幸，这一分钟并不是天天能有的。现代人通常都是"忙"得连一分钟的时间也没有的。

著作权合同登记号：图字 13-2016-007 号

本书由原著作者正式授权，同意经城邦文化事业股份有限公司－麦田出版事业部授权福建少年儿童出版社有限责任公司出版中文简体字版本。非经书面同意，不得以任何形式任意重制、转载。

图书在版编目（CIP）数据

月光下织锦 / 林良著 . -- 福州：福建少年儿童出

版社 , 2025. 4. --（林良成长文集）. -- ISBN 978-7

-5395-8403-4

Ⅰ . I267

中国国家版本馆 CIP 数据核字第 2025VD2317 号

林良成长文集

月光下织锦

YUEGUANG XIA ZHIJIN

著者：林　良
出版发行：福建少年儿童出版社
社址：福州市东水路 76 号（邮编：350001）
经销：福建新华发行（集团）有限责任公司
印刷：福州印团网印刷有限公司
地址：福州市仓山区建新镇十字亭路 4 号
开本：890 毫米 ×1270 毫米　1/32
印张：8.75
字数：147 千字
印数：1—8000
版次：2025 年 4 月第 1 版
印次：2025 年 4 月第 1 次印刷
ISBN 978-7-5395-8403-4
定价：32.00 元